The Man Who Wouldn't Get Up and Other Stories

起きようとしない男

その他の短篇

David Lodge
デイヴィッド・ロッジ
高儀進 訳

白水社

起きようとしない男　その他の短篇

起きようとしない男　その他の短篇　　目次

まえがき

本書には、比較的短い本にしては長くて複雑な——しかし興味深い（そう願う）——歴史がある。一九九〇年代に、わたしの長篇のドイツ語訳は、チューリッヒに本拠のある出版社、ハフマンス社から出ていた。熱意に燃えた意欲的な社主、ゲルト・ハフマンは、自社から短篇集として出せる数の短篇をこれまでに書いたかどうか、わたしに尋ねた。わたしはファイルを調べ、再版に値すると思う短篇は六つしかなく、一冊の本にするには明らかに足りないと答えた。しかしハフマンス社は、魅力的な小型本を数多く出していて、一九九五年、ゲルトはわたしの六つの短篇を、『ゾマーゲシヒテン——ヴィンターメーアヒエン（夏の話——冬の物語）』という題で出版した。その題は、短篇の背景の季節から、わたしが提案したものだ。すると、わたしの本を出してくれているヨーロッパのほかのいくつかの出版社も、同じことができないだろうかと言ってきた。やがて、似たような体裁でわたしの作品の翻訳が、ポーランド、ポルトガル、イタリア、フランスから出版された。しかし、イタリアのボンピアーニ社もフランスのリヴァージュ社も、最初の、そして最も早く書かれた短篇の題を短篇集の表題にしたがった。わたしも、『起きようとしない男その他の短篇』の方がもっと面白いことに気づいた。

長篇と短篇の明らかな違いは、読者は通常、短篇の場合は一気に読むつもりで読み始めるが、長篇の場合はもっとずっとゆっくりと不規則な読み方で読み、機会や気分に応じて本を手に取ったり置いたりする、ということにある。ある意味でわたしたちは常に、短篇の結末には早く辿り着きたがるが、非常に気に入った長篇の終わりに辿り着くのは大いに残念に思うだろう。長篇は人生そのものの開放性と多様性を持つが、短篇は通常、ただ一つの「ポイント」を持っていて、それは短篇の最後でわたしたちにすっかり明かされる。それは、筋のひと捻《ひね》り、謎の解明、真実を認識する瞬間、意識が高められる瞬間（ジェイムズ・ジョイスは、宗教用語を借りて「直観的真実把握《エピファニー》」とそれを呼んだ）という形をとって。

大方の小説家は、明らかに実際的な理由から、まず短篇を書くことから出発する。わたしも例外ではなかった。しかしわたしは、十八歳で、なんとか一篇の長篇小説を書き上げた。それは出版できる代物ではなかったが、わたしが長篇小説に向いていることを示していた。ゲルト・ハフマンがわたしの六つの短篇を出版してくれた時、やがては、英語の市場向けにふさわしい短篇集になるだけの新しい短篇が書けるのではないかと、漠然と期待していた。しかし、フィクションのために得た着想は、長篇小説という形態で大規模に展開する必要があるように、いつも思えた。そういう訳で数年後、あの六つの短篇を英語で百部の限定版で出版したいという申し出があった時、わたしは喜んで受諾した。それは、それらの短篇を、将来もっと大きな短篇集の一部として出版する可能性を危うくすることなしに、永遠の記録として数冊の「著者分」を手元に置いておくことができるのを意味した。その申し出をしてくれたのはトム・ローゼンタールだった。彼は、セカー&ウォーバーグの常務取締役だった時、小説家としてのわたしの運命を変えた。彼は一九七五年、三つの出版社に断られた『交換教授』を出版し、大成功を収めたのだ。トムは一九九八年、フルタイムの商業出版から身を引き、ブリッジウォーター・プレスという、小さな個人出版社を始めた。そして、蒐集家の垂涎《すいぜん》の的になるような限定版を出版した。彼が手掛けた、アーカイヴァル・パーチメント紙に印刷された『起きようとしない男　その他の短篇』の見事な版百三十八部は、一九九八年に出版された。そのうち、百部がラッチフォード・アトランティック布で製本され、割増価格で、二十六部が大理石模様の厚紙で製本され（背は布）、十二部が背にライブラリー・カーフ（非常に柔らかい革）を使って製本された。

二〇一五年六月五日に話は飛ぶ。その日わたしは、わたしの著作権を扱っている有限会社カーティス・ブラウンのジョニー・ゲラーの助手、キャサリン・チョーが転送してくれたeメールを受け取った。

差出人　フィリピーヌ・アーマン
送信　二〇一五年五月二十八日――二十三時五十七分
宛先　ゲラー事務所
件名　ロッジ氏へのオマージュ

親愛なるゲラー様
　わたしはデイヴィッド・ロッジに関して特別なお願いがあります。

　これは彼にとって思いもかけないものなので、内密にしておいて頂けないでしょうか？

　わたしはデイヴィッド・ロッジの熱烈な読者で、家具のデザイナー兼製作者です。実を申しますと、短篇「起きようとしない男」を読んだあと、家具のデザインと製作を天職にしようという考えが浮かびました。この短篇から、特殊な、ハイブリッドの家具のヴィジョンを得ました。それは、語り手がベッドにいながら、机と安楽椅子のまさに中間の、わたしが考え出した構造物で仕事をすることができるのです。

　この「ヴィジョン」のおかげで、わたしは家具を研究しようと決心したので、また、わたしにとってこの短篇は、これまでに書かれた最も見事な短篇の一つなので、完成品を、オマージュとして、お礼として、「起きようとしない男」にとっての解決策として、著者にお送りしたいのです！　それは比喩的な話かもしれませんが、それが生んだ結果は、大変本格的な、人間工学的に研究された家具で、二〇一五年、ミラノの家具見本市《サローネ・デイ・モービレ》で大好評でした。

彼は喜ぶとお思いでしょうか？

彼の住所が知りたいのです。

その写真をお見せすることができます。もしお役に立てば、ビデオも。

ご協力を感謝します！

かしこ

フィリピーヌ・アーマン

（わたしはフランス出身で、二〇〇七年にソルボンヌの現代文学科を卒業したのち、ロンドンで家具を研究しています。）

そのメッセージに、ミラノの家具見本市に展示された、安楽椅子机《ラウンジャー゠デスク》のきわめて瞠目すべき写真が数葉添えられていた。フィリッピーヌは引き続いてのメールで、それは解体して扱いやすい大きさの箱に入れることができると書いてきた。しかしキャサリンは、当事務所は、大きな家具を思いがけない贈り物《サプライズ・プレゼント》としてわたしに送ることに手を貸す訳にはいかないと答えた。彼女は、この異例の申し出をどうしたいか、わたしに訊いてきた。わたしはこの問題をじっくりと考えてから、フィリピーヌに次のように返事をした。

親愛なるフィリピーヌ・アーマン

わたしの著作権代理人ジョニー・ゲラーの助手、キャサリン・チョーは、五月二十八日付のあなたのｅメールをわたしに転送してきました。それには、あなたがわたしの短篇「起きようとしない男」に触発されてお作りになった見事な家具を、わたしにお贈り下さるという、甚だ気前のよいお申し出が書いてありました。それは、読者から著者に払われた最も独創的な敬意に違いないと思われます。もちろん、わたしはそれを是非見たいし、試しにそれに横になってみたいとも思います。問題は、わが家には、もっと必須の家具を片付けなければ、それを置く余地がないということです。

あなたのベッド＝デスクは、家具であると同時に３Ｄの芸術作品であるように、わたしには思えます。したがって、それがサローネ・ディ・モービレで人目を惹いたことに驚きはしません。わたしは、自分が住み、自分の名前が知られているバーミンガムの美術館に話して、それを寄贈品として受け取ってもらい、展示し（おそらく時折）、展示されていない時は安全に保管してもらえないかと考えています。たぶんそれは、来観者が実際にその上に腹這いになり、台の穴から、あなたがなぜそれを作ったのかの説明を読むことができるインスタレーションになりうるでしょう。あなたが送ってくれた写真からは、それがミラノで展示された際、そんな具合に説明資料をお付けになったように見えます。

その企画が成功するかどうか、まったく自信はありませんが、もしあなたが同意なされば喜んでやってみましょう。たぶん来観者は、わたしが短篇「起きようとしない男」を朗読した録音をヘッドホンで聴くことができるでしょう。残念ながら、この短篇は現在イギリスでは出版されていません。あなたがお読みになったのに違いない六つの短篇を収めたもの、『L'Homme qui ne voulait plus se lever』(リヴァージュ社)は、英国では、蒐集家のためのごく少部数の限定版でしか出版されませんでした。いくつかの外国では出版されましたが。

敬具
デイヴィッド・ロッジ

フィリピーヌは、それに大乗り気だった。

あなたのeメールを拝読し、光栄に思うと同時に、実際、大変喜びました。子供の頃、両親のベッドサイド・テーブルにあったあなたの本をよく見たものです。十代の時にあなたの本を読み始めましたが、今でも読んでいます！「L'Homme qui ne voulait plus se lever」は、わたしの大好きな短篇小説で、大学のコースで必要なためその英語版を見つけようとしましたが、どこにも見つけられなかったので、とてもびっくりしました！　ともあれ、それはわたしに大きな影響を与え、わたしの今学年の主要な家具製作計画を生んだのですからお礼を申し上げます。

わたしの作った家具をバーミンガムの美術館に保管し展示するという、あなたの考えは素晴らしいと思いますし、その短篇を読むあなたの声を聴くことができるというのは、それに第四次元を加えることになるでしょう。これほど文学と積極的に協力する家具デザイン計画は、ほかに知りません。わたしは、そのことで大変興奮しています。

今度のことが完全にあなたの意のままになる訳ではないということ、また、成功しないかもしれないことは承知しています。でも、あなたが喜んでやってみようとおっしゃっていることに大変感謝しています。

ロンドンからご多幸を祈ります、フィリピーヌ

こういう具合に勇気づけられ、わたしは自分の考えを推し進めた。わたしが特に考えていたのは、アイコン・ギャラリーだった。それは公的補助を受けている美術館で、英国と

世界中の現代芸術家の作品を展示している。それは、バーミンガムの中心の芸術・娯楽地区の一部のブリンドリー・プレイスにある、見事に復元され、改築されたヴィクトリア朝の赤煉瓦の学校の中にある。アイコン・ギャラリーには、広いいくつかの展示室に加え、一つの円筒形の塔があり、そこで、ギャラリーの主要展示物の一つと同時に、小規模のインスタレーションがしばしば展示される。一度に五、六人が入れるその部屋は、フィリピーヌの作品を展示するには打ってつけの場所に思えた。妻のメアリーとわたしはこのギャラリーの後援者で、館長のジョナサン・ワトキンズとは昵懇《じっこん》である。わたしは、彼ならわたしの考えを受け入れてくれるだろうと思った。わたしは正しかった。彼は直ちにわたしの考えに賛同し、彼の同僚たちも熱意を示してくれた。わたしはフィリピーヌに会うため、ロンドンのホワイトチャペルにある、ロンドン・メトロポリタン大学のカス美術デザイン学科に行った。わたしは、ミラノの展示会でラウンジャー＝デスクの使い方を実演していた写真の人物と同じ、背が高くすらりとした、ジーンズ姿の若い女性を見つけた。じかに会うと、彼女はすぐさま、魅力的で知的で感受性が豊かだという印象をわたしに与えた。わたしは、大学の夏の展示会のために準備されていた、ラウンジャー＝デスクを見ることができた。そして、その流れるようないくつもの線、それぞれ異なる質感と色彩——天然の材木、濃い灰色の織物とスチール——に一層感嘆した。わたしはその上に腹這いになり、上の台の穴から下の台に開いて置いた本が快適に読めるかどうか確かめた。

フィリピーヌは九月にバーミンガムにやってきた。わたしは彼女をアイコン・ギャラリーのあちこちに案内し、スタッフに紹介した。そして、彼女とジョナサンとわたしは昼食を共にし、仕事の話をした。ジョナサンは、のちに「起きようとしない男のために」と題された彼女の作品を、バーミンガム文学祭に合わせて、二〇一六年秋に展示したらどうかと提案した。そうすれば、アイコン・ギャラリーも文学祭も共同宣伝で得をするだろうから。それは随分と先になることを意味したが、その結果フィリピーヌには、二つ目の、もっと頑丈なラウンジャー＝デスクを作る充分な時間が生まれることになるだろうし、わたしには、このミクスト・メディアのイベントで自分ができることを考え、その範囲を広げる時間が生まれるだろう、という訳だった。

この企画に覚えていたわたしの喜びは、フィリピーヌに、その家具を作るインスピレーションを与えた短篇の英語版が残念ながら一般読者の手に入らないという事実で、最初から制限されていた。その短篇は、最初一九六六年に雑誌『ウィークエンド・テレグラフ』に掲載されたが、その後、六つの短篇を収めたブリッジウォーター・プレスの限定版にしか再録されなかった。したがって来観者が、アイコン・ギャラリーでラウンジャー＝デスクを見て、それが関連している短篇に関心を抱いたとしても、英国図書館に行くか、ほかの納本図書館に行くかしなければ、好奇心を満足させることはできないだろう。そこで、フィリピーヌが、ラウンジャー＝デスクが生まれた経緯を説明し、その短篇から少し引用

「起きようとしない男のために」

したリーフレットを作成して、アイコン・ギャラリーに置くということになった。しかしわたしは、関心を抱いた来観者にどうしてもその短篇を充分に鑑賞してもらいたかった。そのためわたしは、来観者がヘッドホンで聴けるよう、自分で朗読して録音することを提案した。だが、二十分も聴いている忍耐強い来観者はごく少ないだろうし、ほかの実際的な難点もある。ジョナサンは、その短篇のフォトコピーをホッチキスで留めたものを館内で無料で配ることを提案した。しかしわたしは、自分の作品を教師が作るプリントのように只《ただ》で渡すのに気が進まなかった。わたしは、ひょっとしたら、短篇を印刷してちゃんと製本したパンフレットが、アイコン・ギャラリーの書籍売場で買えるようにできるのではと考えた。この考えをジョニー・ゲラーに伝えると、彼は言った。「二年ほど前、V&A（ヴィクトリア&アルバート博物館）はハリ・クンズルの『記憶の宮殿』という中篇小説（ディストピア小説）に対するさまざまなグラフィック・アーティストの反応を集めた展覧会を開き、それについてまとめた本を、そこの書籍売場とオンラインでかなり売ったんだ。ヴィンテージが、君の短篇のブリッジウォーター・プレス版を、アイコン・ギャラリーの展示と連携して再版してくれるかどうか、訊いてみたらどうだろう?」わたしは、その提案に飛びついた。そしてすぐに、もし話がうまくいったなら、最近書いた二つの短篇をそれに加えるチャンスだと思った。

そういう訳で、話は実現した。ヴィンテージの編集部員たちは、古い短篇も新しい短篇も気に入ってくれた。彼らは、そのどれも読んだことがなかった。そして、美術展を契機に短篇集を世に出すという考えに惹かれた。読者諸賢は、あり得ないような一連の出来事の産物を手にしているのである。二つの新しい話を加えたこれらの八つの短篇は、作品を公刊した小説家としてのわたしの人生のほぼすべてに及んでいる。最初の短篇は一九六六年に書かれ、二つ目の短篇は七〇年代のある時期に書かれ、続く三篇は八〇年代に書かれ、「田園交響曲」は九〇年代の初めに書かれ、最後の二つは、ごく最近書かれた。いくつかの物語の視点は懐古的で、社会の風俗と道徳の変化を反映していて、歳月の経過とともに、また別の時間枠に置かれている。トム・ローゼンタールは、ブリッジウォーター・プレス版に、いかにして、なぜわたしがそれぞれの短篇を書くに至ったかの経緯を説明する短い序を書くよう、わたしに求めた。わたしは、この版の「あとがき」で、その序を書き改め、いくらか書き足した。フィリピーヌ・アーマンは、自分のユニークな作品を生むに至った創造的なデザインのプロセスについての短いエッセイを添えてくれた。

二〇一六年、D・L

起きようとしない男

The Man Who Wouldn't Get Up

彼の妻は、いつも一番先に起きた。目覚まし時計が鳴るや否や、彼女は夜具をはねのけ、両脚をさっと床に下ろし、ガウンを羽織った。妻の自己鍛錬ぶりを見ると、彼は後ろめたさと賞讃の念で一杯になった。

「さあ、いつまでも寝てないで」と妻は言った。「あなたの朝食を台無しにするのには、もううんざり」。彼は返答をせずに、眠っているふりをした。妻が部屋を出るや否や、彼はごろりと寝返りを打って、妻の体がマットレスに残した暖かい窪みの中に入り、四肢を存分に伸ばした。それは、一日のうちで最も官能的に満足する瞬間だった。ベッドの新しいが暖かい箇所に、そうやって四肢を伸ばすというのは。しかしそれは、すぐに起きて、これからの一日に直面しなければならないという意識で、たちまち損なわれてしまった。

彼は片目を開けた。まだ暗かったが、街灯がかすかな青い光を部屋の中に投げていた。彼は、部屋の空気の具合を息で試してみた。息はたちどころに湯気になった。カーテンの一枚が開いているところの窓の内側に、氷が張っているのが見えた。朝のうちに氷は溶けてしまうだろう、そして溶けた水は滴り落ち、窓枠のペンキを塗った部分を腐らせてしまうだろう。いくらかの水は窓枠の下にちょろちょろと入り、再び凍り、窓を動かないようにし、木部を歪めてしまうだろう。

彼は、家が自分の周りで朽ちて崩壊してゆく痛ましい光景を見まいと、目を閉じた。もちろん、家のどこがおかしくなっているのか、知らないふりはできなかった——例えば、自分が寝ている部屋のどこがおかしくなっているのかについて。電灯の取り付け具からドアのところまで、まるで嘲笑っているかのように走っている、天井の漆喰のギザギザの長い亀裂、整理箪笥の近くのリノリウムの裂け目、留め金がなくなっているので、扉が開いたままになっている戸棚、湿気で壁から剝がれ、ところどころ膨れ上がっている壁紙。それは、ドアを開け閉めするたびに、ゆっくりと呼吸しているように見える……彼は、そうしたことをまったく知らないふりはできなかったが、目を固く閉じて毛布の下にぬくぬくと横になっていると、すべてさほどやり切れないものではなかった。まるで、自分自身にはなんの関係もないかのように。

彼が自分を取り囲むものに対する不満と、それを大きく改善することができない絶望感との二重の重みでよろめくのは、温かいベッドの保護のもとを離れた時だった。そしてもちろん、それは単に寝室だけのことではなかった。家の中を歩くと、老朽と荒廃の証拠に至る所で出会った。浴室の水の滴る蛇口、階段の壊れた手摺り、玄関ホールの罅《ひび》の入った窓、食堂のカーペットの擦り切れた箇所（それは、きのうよりほんの少し大きくなるだろう）。そして、家の中はひどく寒い、まったくひどく寒い。氷のように冷たい隙間風が鍵穴から針のように吹き込み、郵便受けをカタカタと鳴らし、カーテンを波立たせる。しかし、ここベッドの中では、至極暖かく快適だ。とびきり贅沢に設えられ、ガスでのセントラルヒーティングになっていて、窓は二重ガラスで断熱してある理想的な家でさえ、彼を今この瞬間ほど暖かく、快適にはできなかったろう。

妻は食堂の暖炉の火格子を、火掻き棒でカタカタ言わせていた。その鈍い金属的な音は、排水管を通って家の隅々に伝わった。それは、朝食の用意が整った合図だった。彼の向かいの部屋から、いかにも幼い者らしく、寒くて薄暗いことなど陽気に無視して遊んでいた彼の二人の子供、ポールとマーガレットが騒々しく踊り場に飛び出し、階段をドシン、ドシンと降りて行った。壊れた手摺りが不気味に軋《きし》んだ。食堂のドアが開き、バタンと閉まった。台所から、食事用の金物類と調理器具がカチャカチャと鳴るかすかな音が、彼の耳に聞こえてきた。彼は夜具を一層しっかりと頭の周りに引き寄せ、両耳を塞ぐようにし、息をするために鼻と口だけを自由にした。そうした音、厳しい世界を厳しく思い出させる音が聞きたくなかった。

起きて顔を洗い、髭を剃り、服を着、物を食べるという決まり切ったことに対処するといった当面の問題の向こうを見た時、彼には、もはや前途にどんな魅力的なことも見えなかった。自分の家とそっくりの家が建ち並ぶ通りをバス停まで長い時間歩き、乗客の列に並んで長い時間待ち、渋滞した都市の通りをガタガタ揺れながらのろのろと走るバスに乗り、狭苦しい事務所で八時間苦役に従事する。その事務所は、彼の家同様、壊れた物、変色し、色褪せ、欠け、引っ掻き傷が出来、汚れ、機能不全の物で一杯だ。それらの物は、彼の家の内部同様、こう言っていた――これがお前の運命だ。いくら頑張ってみたところで、お前の運命を大幅に改善することはできない。それがもっと急速に悪くならないようにすることができれば、幸運だと思わなくちゃいけない。

彼は起きるに先立ち、多くのほかの者に比べ、自分はいかに運がいいかということを思い起こして気を引き締めようとした。病人、瀕死の者、窮乏した者、精神的に苦悩している者のことを、強いて考えようとした。しかし、そうやって思い起こした人間の悲惨な姿は、ただ単に、彼のどうしようもない無気力状態を強めるだけだった。他人はそういう重荷を明るい諦念をもって耐えることができるという事実は、彼にとってなんの励みにもならなかった。もし現在自分が抱えている不満が、人生から歓びを奪うほどのものなら、彼らと競うことにどんな希望があるというのか？　現在の惨めな生活が、自分がいつ堕ちるかわからない、今より遥かにひどい深淵を覆う脆弱な外皮だということは、一体なんの気休めになるのか？　実を言うと、彼はもはや、人生に対するいかなる愛情も持ってはいなかった。そう考えると、ぞっとするような絶望感に貫かれた。俺はもう、人生を愛してはいない。俺に歓びを与えてくれるようなものは、もはや人生にはない。このこと以外――ベッドに横になっていること。そして、その歓びは、起きねばならないのがわかっているので、損なわれる。なら、起きなければいいじゃないか？　でも、お前は起きなくちゃいけない。お前には仕事がある。養うべき家族がある。妻は、もう起きた。子供たちも起きた。彼らは自分たちの義務を果たした。さあ、お前は自分の義務を果たさなくちゃいけない。そうなのだが、それは彼らにはたやすいのだ。彼らは、まだ人生を愛している。俺は、もう愛していない。俺は、このことだけしか愛していない――ベッドに横になっていること。

彼は、妻が呼んでいる声を、夜具の詰め綿を通して聞いた。

「ジョージ」。彼女は素っ気なく、無表情に、儀礼的にそう呼んだ。返事は期待せずに。彼は返事をしなかったが、別の側に寝返りを打ち、両脚を伸ばした。足の指がベッドの裾《すそ》にある氷のように冷たい湯たんぽに当たり、彼は怯《ひる》んだ。そして、胎児のような恰好に体を丸め、頭を完全に夜具の中に引っ込めた。夜具の下は暖かくて暗かった。暖かい暗い洞窟。彼は暖かい、むっとする空気を嬉しげに吸ったが、危険なほど酸素が欠乏すると、光を通さずに新鮮な空気だけを通す通風ダクトを夜具の中に巧みに作った。

彼は、妻が「ジョージ」と呼ぶ声を、ごくかすかに聞いた。今度は、前より鋭く、命令口調だった。それは、家族がすでにコーンフレークを食べ終わり、ベーコンが料理されているところなのを意味した。いまや、ベッドにいたいという願望と、起きねばならぬという差し迫った事態とのあいだの緊張感が高まり始めた。彼は四肢を一層しっかりと縮め、三度目の召喚を待ちながらマットレスの中にさらに深く潜り込んだ。

「ジョージ！」

それは、彼はもう朝食には間に合わないことを意味した――運がよければ、バスを捕まえようと駆け出す前に、一杯の紅茶がなんとか飲めるかもしれない。

長い時間に思われたあいだ、彼は息を潜めた。すると、不意にリラックスし、四肢を伸ばした。彼は決心した。起きるのはよそう。大事なのは、結果を考えないことだ。ベッドの中にいるという事実に思いを凝らすだけでよい。その歓び。暖かさ、快楽。自分には自由意志というものがある。そいつを行使しよう。このままベッドの中にいよう。

彼は、しばらくまどろんだのに違いなかった。妻が部屋にいるのに不意に気づいた。

「八時十五分過ぎよ。あなたの朝食は駄目になっちゃったわよ……ジョージ……起きるところなの？……ジョージ？」妻の声に一抹の恐怖が感じられた。突然夜具が顔から持ち上げられた。彼は、巧みに作った通風ダクトが壊されたことに腹を立てながら、夜具を引っ張り戻した。

「ジョージ、病気なの？」彼は、そうなんだ、病気なんだと言いたい気持ちになった。そう言えば、妻は爪先立ちで寝室を出て、お父さんは病気なんだから静かにするのよ、と子供たちに言うだろう。そしてそのあと、寝室の暖炉に火を起こし、旨そうな食べ物を載せたトレーを持ってくるだろう。しかしそれは、臆病なやり方だ。そうやって騙しても、自分が憎んでいる人生から、せいぜい一日息抜きができるだけだ。彼は、もっと大掛かりで、もっと英雄的な計画を練っていた。

「いや、病気じゃない」と彼は夜具を通して言った。

「なら、起きなさいよ、仕事に遅れるわよ」。彼は返事をしなかった。妻は寝室を出た。浴室で妻が、苛立たしげにバタン、バタンと音をさせ、子供たちに、早く来て顔を洗うようにと叫んでいるのが聞こえた。洗面所の貯水槽の水がどっと流れ、騒々しくまた水を溜め、排水管がヒューン、ブーンと言い、子供たちが笑い、叫んだ。外の通りでは、人が舗道を足早に通り過ぎ、何台かの車が、朝の寒い空気の中でなかなかエンジンがかからずにゼイゼイ言っていたが、やがて、走り去った。彼は夜具の下に静かに横たわり、注意を集中し、熟考した。次第に彼は、そうしたもろもろの騒音を意識から消すことができた。彼が選んだ手段は、謎めいた手段だった。

一日目が最も難しかった。妻は、彼が単に怠けていて義務を履行しないのだと考え、なんの食べ物も持ってこないことで彼を起き上がらせようとした。しかし断食は、さして苦痛ではなかった。彼は、妻に見られずに、そっとトイレに行く以外、終日ベッドから出なかった。その夜、妻は寝に来ると、腹を立て、憤慨しているようだった。ベッドをちゃんと整えることができなかったと苦情を言い、ベッドの彼から最も離れた端に横になり、冷ややかな態度で身を強張《こわば》らせていた。しかし彼女は、彼が何も食べていないので不審に思うと同時に疚《やま》しくもあった。こういう馬鹿げたことに、あしたの朝までには飽きてしまうのを願うわ、と言う彼女の声には、懇願の響きがあった。

翌朝は、ずっと楽だった。彼は、目覚まし時計が鳴り止むや否や、ただすっと再び眠った。後ろめたさにも不安にも苛《さいな》まれなかった。至福だった。自分は起きないということを意識しながら、ただ寝返りを打って再び眠る。あとになって妻は朝食を載せたトレーを持ってきて、ベッドの脇の床に黙って置くと、部屋を出た。子供たちは寝室のドアのところに来て、彼が食べているあいだ、じっと眺めていた。彼は、安心させるように子供たちに微笑みかけた。

午後に、妻が呼んだ医者が来た。医者は部屋にさっと入ってきて、訊いた。「さあて、どこが悪いんですかな、バーカーさん?」「どこも悪くありません、先生」と彼は穏やかに答えた。

医者は彼をちょっと診てから、結論づけた。「あなたがベッドから出てはいけない理由は、まったくない、バーカーさん」

「ないのは知ってますよ」と彼は答えた。「でも、出たくない」

翌日、教区司祭がやってきた。教区司祭は、夫としての、父親としての責任について考えるよう、彼に乞うた。なんとか頑張ってやっていくのがとても耐えられないように思える時、あっさりと諦めてしまおうという誘惑が抗《あらが》えないほどになる場合があるのを、人は十二分に知っている……しかし、それは真のキリスト教精神ではない。「苦闘を無駄と言うなかれ……（十九世紀のイギリスの詩人、アーサー・ヒュー・クラフの詩）」

「黙想の修道士はどうなんです？」と彼は訊いた。「世捨て人、隠遁者、柱上の苦行者はどうなんです？」

そう、でも、ああいう類いの宗教的証人というのは、その時代には有効だったかもしれないが、現代の精神性とは相容れない。おまけにあなたには、自分の特殊な隠棲の仕方には、何か禁欲的なところや悔悛的なところがあるなどと言える資格はまったくない。

「なんだっていいことばかりじゃありませんよ」と彼は教区司祭に言った。

その通りだった。七日後、彼は床ずれが出来始めた。

二週間後、彼は人の手を借りなければトイレに行けないほど衰弱した。四週間後、寝たきりになった。そして、彼の肉体的要求に応えるためナースが雇われた。彼は、ナースに払う金がどこから出るのか、よくわからなかった。あるいは、家と家族を維持する金が。しかし彼は、そうした問題が、まったく心配しないでいると、自然に解決することを発見した。

妻は今では、怒りの気持ちの大半を失っていた。それどころか、妻がこれまでになく自分を尊敬している、と彼は思った。自分が、地元の、さらには国の有名人のような存在になりつつあると推測した。ある日、車輪付きでテレビのカメラが寝室に運び込まれ、枕の上に置かれた。彼は妻の手を握りながら、何百万もの視聴者に向かって事の経緯を話した。ある寒い朝、自分が人生になんの愛情も抱いていず、唯一の歓びはベッドに横になっていることだと、ふと気づいた、そして、あまり長くはないと思われる残りの人生をベッドの中で過ごすという論理的な手段をとったが、目下、その一瞬一瞬を存分に愉しんでいる。

テレビの放送のあと、それまでぽつぽつと届く程度だった手紙が、玄関の郵便受けから洪水のようにどっと流れ込んできた。彼の視力は衰えた。彼は教区のボランティアに助けてもらって手紙を処理した。

手紙の大方は、もう一度人生をやり直すよう、金を同封したり、実入りのよい勤め口を紹介したりしたものだった。彼は申し出を丁重に断り、金は妻の名義で銀行に預金した。(妻は、そのいくらかを使って家を改装した。ペンキ屋が寝室をあちこち動き回っているのを見るのは、彼には面白かった。ペンキ屋が天井にのろを塗った時は、彼は新聞紙で頭を覆った。)彼を励まし祝福する、数は少ないが、彼にとっては重要な手紙が幾通か来た。「幸運を祈る、友よ」と、その一通には書いてあった。「もし勇気があったら、俺も同じことをしただろう」。ある有名な大学の便箋を使った別の手紙には、こうあった。「現代生活の耐え難さと、そこから抜け出る、誰も奪うことのできない個人の権利の証人に、あなたがなったことを心から賞讃します。あなたは実存主義者的聖人だ」。彼は、そうしたすべての言葉の意味がはっきりとわかった訳ではなかったが、嬉しかった。実際、今ほど幸福で充実したように感じたことはなかった。

そして今、死ぬのは甘美だろうと、これまで以上に思った。自分の体は洗われ、食事を与えられ、世話をしてもらっているが、生命力が徐々に失われてゆくように感じた。彼は不死の存在になりたかった。生の問題だけではなく、死の問題も解決したかのように思えた。頭上の天井が、昔の画家が礼拝堂の天辺によく描いたようなヴィジョンのためのカンヴァスになる時があった。天使と聖人が、雲のかかった最高天から自分を眺め下ろし、こっちに来て一緒になるようにと差し招いているように思えた。体は、奇妙なほど重さがなくなってしまったように感じられた、まるで、空中に昇って行くのを、夜具だけが押し止《とど》めているかのように。空中浮揚！　さらには……昇天！　彼は毛布とシーツをまさぐったが、四肢は弱っていた。そして、渾身の力を振り絞って夜具をぐいと剝ぎ取り、床に投げ飛ばした。

彼は待ったが、何も起こらなかった。寒くなった。毛布をベッドに引っ張り上げようとしたが、毛布を投げ飛ばしたことで疲労困憊していた。体がガタガタと震えた。外は暗くなってきた。「ナース」と彼は弱々しく呼んだ。しかし、応えはなかった。妻を呼んだ。

「マーガレット」。だが、家の中はしんとしていた。息が冷たい空気の中で湯気になった。天井を見上げたが、天使と聖人の顔は見下ろしてはいなかった。漆喰の一本の亀裂が、ドアから電灯の取り付け具まで、嘲笑っているかのように走っているだけだった。すると、自分にとっての永遠が何かを不意に悟った。「マーガレット！　ナース！」と彼は声を嗄《か》らして叫んだ。「起きたいんだ！　起きるのを手伝ってくれ！」

　しかし、誰も来なかった。

けち

The Miser

戦後、花火がひどく不足した。戦時中は、どんな花火もまったくなかった。しかし、それは灯火管制のせいだった。花火業者が、花火の代わりに爆弾を作っていたせいだった。戦争が終わると、花火のような、戦前にあったすべてのものが戻ってくるだろうと誰もが言った。だが、そうではなかった。

ティモシーの母は、配給はみっともないことだと言い、父は、もう労働党には二度と投票しないと言った。花火は配給さえされなかった。ともかく、一人六本だけでも、あるいは十二本だけでも配給されれば公平だっただろう。十二本のそれぞれ違った花火が。けれども、どんな花火も全然手に入らなかった、ごく幸運でなければ。ときたま学校で、男子生徒が花火を持ち込み、面白半分に便所の中で少しの癇癪玉を破裂させることがあった。彼らは、「波止場《ドック》で」手に入れたとか、父さんの友達から貰ったとか、戦前のストックを見つけてその日のうちに完売した店で買ったとか、曖昧なことを言った。

ティモシーとドレイキーとウォッピーは、そうした店を見つけようと、界隈を隈なく探した。一度三人は、花火ありますという張り紙のある店を見つけるには見つけたが、花火はどれも同じ種類で、癇癪玉だった。癇癪玉だけでは、ちゃんとしたガイ・フォークス夜祭（一六〇五年に議事堂爆破を企てたガイ・フォークスにちなみ、十一月五日の夜に行われる行事）にはならない。おまけに、その癇癪玉は、ウェルズとかスタンダードとかペインのようなれっきとした製品ではなかった。「ホイッゾー」という名前で、怪しげな手製のもののように見えた。一個十ペンスで、癇癪玉にしては法外な値段だった。結局三人は、各自二個ずつ買った。十一月五日まで三週間しかなかったが、三人の手持ちのストックは、それだけだった。

ある日、ティモシーの母は買い物から帰ってきて、お前に花火を買ってきたよと言ったので、彼の心臓は跳び上がった。だが、母がそれを取り出すと、手に持つ線香花火に過ぎなかった——小さな子供用の。彼はひどく不機嫌になったので、結局母は、その線香花火を彼に渡さなかった。彼は、あとになってかなり悔いた。

三人のうちの誰も、一番年長のドレイキーでさえ、戦前のガイ・フォークス夜祭のはっきりした記憶はなかった。三人の誰もが覚えているのは対日戦勝記念日で、その夜、前に飛行爆弾が落ちた、通りの真ん中の被災地域で大篝火《おおかがりび》が焚かれた。空は打ち上げ花火できらびやかだった。また、通りの端の家に住む一人の男が、この夜のために六年間取っておいたのだと言いながら、丸々二箱分の見事な花火を持ち出した。翌朝ティモシーは、被災地域をうろつき、それまでの何年か榴散弾の破片を拾い集めたように、花火の焦げたケースを拾い集めた。その時初めて、心に残る名前を覚えた──「菊花火」、「ローマの蠟燭」、「火山」、「銀の雨」、「空雷」、「ムーンレイカー」──それに比べると「ホイッゾー癇癪玉」という名は胡散臭《うさん》く、怪しげだった。

ある土曜日の午後、ティモシーとドレイキーとウォッピーは地元から遠く離れたところをさ迷い歩いて花火を探した。一番見込みのありそうな店は、新聞、菓子、煙草、わずかな玩具を売る店だった。三人は何軒かの新しい店を見つけたが、ついてなかった。窓に、「花火ありません」と掲示した店さえあった。

「あったとしても」とドレイキーは苦々しげに言った。「売るはずはないさ。自分の子供のために取っとくだろうな」

「帰ろう」とウォッピーが言った。「疲れたよ」

帰り道で三人は「迷子の小隊」というゲームをした。それは、ドレイキーの週刊漫画雑誌の連載物にもとづいていた。ドレイキーは小隊長のマケイブ軍曹で、ティモシーは物静かで頭のいいケンプ伍長で、ウォッピーは、力は強いがかなり愚鈍な一等兵の「乱暴者《ブッチ》」ベイカーだった。小隊は敵の前線の背後で孤立していて、ゲームの眼目は、ドイツ兵に見つかるのを避けることだった。ドイツ兵は、通りかかった者すべてだった。

「装甲車接近」とティモシーが言った。

ドレイキーは一同を、私有ゴルフ場の私道に導いた。三人は、乳母車を押している二人の女が舗道を通っているあいだ、長い芝草に伏せた。ティモシーは辺りをなんとなく見回していたが、さっと起き直った。

「見ろ！」と彼は、こんな幸運はとても信じられないという口調で囁いた。三十ヤードほど先の、ゴルフクラブのフェンスで道路から目隠しされている荒れた地面に、今にも倒れそうな木造の小屋が建っていた。板にペンキで雑に書いた掲示が、壁に立て掛けてあった。「花火売ります」とある。

三人は、ゆっくりと立ち上がった。そして、黙って、互いに訝《いぶか》しげに顔を見合わせ、小屋に近づいた。ドアは開いていて、中で一人の老人がテーブルの前に坐って新聞を読み、パイプをくゆらせていた。文字の褪せた掲示が老人の頭上にあった。「禁煙」。老人は顔を上げ、口からパイプを離した。

「なんだね？」と老人は言った。

ティモシーはドレイキーとウォッピーを見て助けを求めたが、二人はただ老人と、床に積んである埃だらけの箱を呆然と見つめているだけだった。

「あの……花火ありますか？」とティモシーは、やっと思い切って言った。

「ああ、少しは残ってる、坊や。買いたいのかい？」

花火は、箱入りではなく、ばらで売られていた。それは、三人には願ったり叶ったりだった。三人は長い時間をかけて選んだ。三人が金をすっかり使い切った時には、暗くなっていた。帰る途中、三人は街灯の下に来るたびに立ち止まって紙袋を開け、自分たちの宝物が現実の物かどうか確かめた。ついさっきの出来事は夢かお伽話かのようで、ティモシーは、今にも花火が消えてなくなってしまうのではないかと恐れた。

自分たちの住む通りの角に来るとティモシーは言った。「いいかい、僕らがこれをどこで手に入れたか、絶対に人に言っちゃ駄目だぜ」

「なぜさ?」とウォッピーは言った。

「売り切れになる前にまた行って、もう少し買うのさ」

「どっちみち僕は花火の金をすっかり使っちまった」とドレイキーが言った。

「そうだけどさ、ガイ・フォークスはまだこれからだし、また小遣いが貰える」とティモシーは言い立てた。

だが、三人が次の土曜日にそこに戻ると、小屋には鍵が掛かっていて、掲示板はなくなっていた。三人は窓の中を覗き込んだが、埃まみれの家具しか見えなかった。

「きっと売り切れたんだ」とドレイキーが言った。けれども、花火の老人が突然姿を消したことには、何か薄気味の悪いところがあった。三人は急いで小屋から離れ、そのことについては二度と口にしなかった。

毎日、夕方に学校から戻るとすぐにティモシーは、花火を入れた箱を取り出し、数を数えた。彼は箱から全部出し、まず大きさの順に、次に種類の順に、それから値段の順に並べた。そして鮮やかな色のラベルをじっくり眺め、字がぼやけた使用上の注意を熟読した――手袋を嵌《は》めた手で持つこと、地面に突き刺し充分に離れること、木の柱に釘で留めること。彼は火薬の一粒一粒を惜しむように、花火をごく慎重に扱った。火薬が洩れ、やがて訪れる栄光を減らさないために。

「お前はそれをベッドの下に仕舞っているようだね」と母は言った。「あのお菓子がどうなったか、忘れちゃいけないよ」

一年ほど前、アメリカにいる親戚がティモシーに、「キャンディー」（彼女はそう呼んだ）の大きな箱を送ってくれた。その派手な包み紙と奇妙な名前――「おお、ヘンリー！」、「人命救助者《ライフセイヴァーズ》」、「ベビー・ルース」――が、花火と同じくらい彼を魅了した。菓子は世間では配給なのに、自分は山のように手にしているという感覚に圧倒され、送ってもらった菓子をベッドの下に仕舞い込み、けちけち食べた。けれども菓子は黴《かび》が生え始め、鼠を引き寄せた。母は、菓子を棄てた。

「鼠は花火は食べないさ」と彼は、一番大きい打ち上げ花火の筒を撫でながら言った。だが考え直し、暖かくて乾いた食器棚に仕舞ってくれと母に頼んだ。

「ともかく、そいつがうまく上がるって、どうしてわかるのかね？」と父は言った。「戦前のものだろう？　おそらく今じゃあ、不発弾だな」

ティモシーは、父がからかっているのを知ってはいたが、その警告を真剣に受け取った。

「僕らは一発試してみなくちゃいけない」と彼はドレイキーとウォッピーに重々しい口調で言った。「ちゃんとしてるかどうか確認するために。籤《くじ》を引いたらいい」

「僕のを一つ打ち上げてもいい」とドレイキーが言った。

「いや、僕のを一つ上げてみたい」とウォッピーが言った。

結局二人は、各自一本ずつ打ち上げることにした。ウォッピーは「赤い閃光」を選び、ドレイキーは「ローマの蠟燭」を選んだ。なぜ二人が一番安いのを試さないのか、ティモシーには理解できなかった。三人は、花火を上げに被災地域に行った。めくるめくような数秒間、瓦礫《がれき》、捩《ねじ》れた鉄、厚板、錆びついた水槽が、けばけばしい色で照らされた。花火を上げ終わると、三人は街灯の薄明かりの中で瞬《まばた》き、顔を見合わせてニヤニヤした。

「うん、ちゃんと上がるな」とドレイキーが言った。

ドレイキーとウォッピーは、君も自分のを一本上げろよとティモシーに言った。ティモシーはその気になりかけたが、あとで後悔するのはわかっていたので、断った。三人は喧嘩した。君はガイ・フォークス同様カトリックだとドレイキーはティモシーをからかった。ティモシーはそれに対し、そんなことは気にしてない、人は花火を上げるのにガイ・フォークスの敵である必要はないし、どっちみち自分はガイなんかには興味がない、と答えた。

彼は独りで家に帰り、花火を取り出し、その晩ずっと寝室に坐って花火の数を数え、並べた。

ドレイキーとウォッピーは、いったん自分たちの花火に手を付けると、十一月五日まで我慢していることができなくなった。二人は初め一晩に一本花火を上げたが、やがて二本になり、三本になった。ドレイキーは、花火の新しく目覚ましい使い方を考案する才能を持っていた。火を点けた癇癪玉を古い水槽に落として、近隣の住民が玄関に出てくるほどの爆発音を出させた。あるいは、「空雷」を一本の下水管から飛び出させた。ティモシーは自分なりの趣向をいくつか練ってはいたが、自分の花火を使うのは断固として拒否したので、黙って見物させてもらうしかなかった。彼の番は十一月五日に来るのだ。その時は、空手のドレイキーとウォッピーは、彼の上げる花火を喜んで眺めることになるだろう。

十一月四日の晩、ティモシーは自分の花火を、これが最後と数えた。

「お前はあしたから先、それなしじゃどうしたらいいかわからなくなるだろうよ」と母は言った。

「あの子が本当にそれを上げたがってるとは思わないね」と父が言った。

「もちろん上げたいさ」とティモシーは言った。しかし、溜め息をつきながら箱に蓋をした。

「ともかく、それがなくなればせいせいするわね」と母が言った。「あら、誰かしら?」

父が玄関に出た。その警官はひどく大きかったので、部屋全体を占めてしまうように思われた。警官は安心させるようにティモシーに向かって微笑んだが、ティモシーはただ、箱を胸に抱き締め、足元を見た。

「ねえ、巡査部長」と父が言った。「思うんですが、もしその花火が本当に盗品なら――」

「厳密には盗品じゃないんです」と警官が言った。「でも、それに近い。あの変人の爺さんは他人の物置小屋に勝手に入って、店を開いたんです」

「いや、わたしの言うのは、あんたにはそれを持って行く資格があるが、これは特殊なケースだ、ということですよ。子供にとって花火がどんなものか、あんたもご存じのはずだ。この子は何週間もガイ・フォークス夜祭を楽しみにしてるんですよ」

「それはわかります。わたしにも子供がいるんで。でも、申し訳ない。それが、わたしどもが捜し出すことのできた唯一の物《ぶつ》なんですよ。証拠として必要なんです」。警官はティモシーの方を向いた。「ひょっとして君は知ってるだろうか、君の友達の誰かが、その同じ人物から花火を買ったかどうか？」

ティモシーは、泣くまいとしながら無言で頷き、「でも、花火を取っておいたのは、僕だけなんです」と言った。そして、そう言うと、涙がこらえようもなく頬を伝った。

わたしの初仕事

My First Job

プロテスタントの倫理観を持つのにプロテスタントである必要はない、とわたしは、「社会学一般理論《グランド・セオリー》」についての概説講義でマックス・ウェーバーに来たところで、学生たちに言う。わたしを見給え、とわたしは言う。ユダヤ人の父、カトリックの母——そしてわたしは、「休暇」という言葉を聞いただけでアレルギーによる発疹が出来る。その言葉には、時間と金を無闇矢鱈《むやみやたら》に使うという暗黙の意味が籠もっている。蓄えよ、蓄えよ！——それがわたしのモットーだ、出版物であれ、索引カードであれ、イングランド銀行に差し出せば持参者にしかじかの額のポンド金貨を支払うことを約束する、と書いてあるあの例の薄い紙片（兌換紙幣だった頃の文句が今でも書かれている英国紙幣）であれ。働け！　努力せよ！　秀《ひい》でよ！　仕事自体のために！　席にだらりと坐っているわたしの学生たちの頭の中は、どうやって失業手当を引き出し、そして、今年の夏、ギリシャにヒッチハイクをするかという問題で一杯で、頬髯《ひげ》や切り下げ前髪《フリンジ》を通してわたしを見、鷹揚に、そして信じられないというふうに、ニヤリと笑う。彼らにわからせようと、わたしは自分の最初の仕事の話をすることがある。

むかしむかしある時、あるいはもっと正確には一九五二年の夏（と、わたしは始める）、十七歳と四分の三の時、わたしは初仕事を貰った。ウォータールー駅で小さな手押しのワゴンで新聞と雑誌を売る仕事だ。それは、わたしのAレベル試験（大学進学のための一般教養修了試験）の結果がわかり（優秀な成績だったのは言うまでもない）、大学に行くまでの数週間を満たすための臨時の仕事だった。わたしが働く経済的必要はなかったし、週給三ポンド十シリングでは（その後のインフレを考慮したとしても）、グリニッジにある自宅から毎日通う価値はほとんどなかった。それは主義の問題だった。父は三十人の従業員を使って婦人服仕立業を営んでいたが（いずれは一人息子のわたしに譲るつもりで）、大学教育の意義についても実益についても疑念を抱いていて、少なくとも、わたしが大学に入るのを待っているあいだ家でぶらぶらしているべきではないと決断した。『イヴニング・スタンダード』の求人広告を見つけ、わたしに相談もせずに売店の店長に電話し、わたしを臨時に雇うよう頼んだのは父だった。母は広告を見た。「『中卒に最適』って書いてあるわ」と母は言った。

「うん、あれは中等学校を出た訳だろ？」と父は訊いた。

「『中卒』っていうのは、セカンダリー・モダン（グラマー・スクールに合格しなかった生徒のための実務教育学校）を出た十五歳のぐうたらを意味するのよ」と母は言った。「婉曲表現よ」。母は、ちゃんとした教育を受けた女だった。「『俸給』っていうのも、婉曲表現のようなもの」と母は付け加えた。父と何年も結婚生活を送っているうちに、母のアイルランド風ユーモア感覚に、父のユダヤ的な鋭い皮肉が加わったのだ。

「心配するな、実社会がどんなものか、あの子は知るだろうよ」と父は言った。「もうあと三年、本に埋もれる前に」

「その通りね、あの子は目を休ませなきゃ」と母も同意した。

この会話は台所で交わされた。わたしがその会話を耳にした時、わたしは食堂に坐って自分の切手のコレクションを調べていた（わたしはスタンレー・ギボンズのカタログで、自分の全部の切手の価値を計算していた。数千ポンドになるようだった。売るつもりはなかったが）。わたしは、その会話を聞くことになっていたのだ。そして、その内容が正式にわたしに伝えられた時、わたしは返事の用意が出来ていた。そうした種類の外交的情報漏洩は、家庭生活を円滑に運ぶのに大いに役立つ。

父が食堂に入ってきた。「ああ、そこにいたのか」と父は驚いたふりをして言った。「お前に仕事を見つけてやったよ」

「どんな仕事？」とわたしは、はにかんだように訊いた。その仕事をすることに、すでに決めていたのだが。

次の月曜日の朝、わたしは八時半きっかりに、新聞雑誌売店に行った。それは、ウォータールー駅の真ん中の大きな緑の島だった。郊外列車で到着するサラリーマンの波が、まるで悪魔に追い駆けられているかのように駅の構内に押し寄せ、地下鉄かバスでの旅の次の行程に備えて、売店のカウンターから新聞や雑誌をひったくるためにだけ立ち止まった。売店の奥にある狭苦しい小さな事務室の、インボイスが山積みになり、紅茶のマグの跡が無数の輪になっている机の向こうに、店長のホスキンズさんがいた。疲れ切った、気の短そうな小男で、脳卒中かある種の中風にやられたのは明らかだった。顔面の右側が麻痺していて、口の端が、眼鏡から下がっている小さな金のフックと鎖で持ち上げられていたからだ。彼は、それぞれ九ペンス、二シリング六ペンス、一ペニー半の三つの品物を買った客が十シリング札を出したら釣りはいくらだと、口の別の端からわたしに訊いた（当時は一シリングが十二ペンスで、一ポンドが二十シリング）。わたしは、数学および統計のAレベル試験を優秀な成績で通ったところだと言いたい衝動を抑え、その質問に忍耐強く答えたが、そのスピードに彼は感心したようだった。するとホスキンズさんは、二人の若者が三つの移動式新聞スタンドの脇でぶらぶらしているところに、わたしを連れ出した。それは、緑に塗った木製のワゴンで、急な角度に傾いている両面には、雑誌と新聞を並べるためのラックがあった。

「レイ！　ミッチ！　新入りの若者《わかもん》だ。こつを教えてやってくれ」とホスキンズさんは言った。そして、事務室の奥に姿を消した。

　レイは、わたしくらいの背の少年だった。一つくらい若いのではないかと思ったが。彼は煙草を吸っていたが、煙草は彼の下唇から粋に垂れ下がっていて、時折、手を使わずにそれを一方の端から別の端へと移動させた。あたかも、少なくとも一つの点で、ホスキンズさんに勝《まさ》っていることを誇示するかのように。彼は、陸軍の払い下げのウィンドブレーカーのポケットに両手を突っ込んでいて、ズボンのほつれた裾から重いブーツが突き出ていた。ミッチは（それがニックネームなのか、本当のファースト・ネームかセカンド・ネームの短縮形なのか、わからなかった）、ひどく小柄で、年齢不詳だった。猿の顔のような、薄汚れて萎《しな》びた小さな顔をしていて、絶えず爪を噛んでいた。カラーの付いていないワイシャツを着て、スーツの上着とズボンを身につけていた。それは別々のスーツのものなので縞模様が違っていた。労働者階級の少年が、父親を安っぽく真似て、よそ行きによく着る類いのものだ。上着は茶色でズボンは青だったが、どっちも相当傷んでいた。二人は、グレーのフランネルのズボンを穿いてグラマー・スクールのブレザーを着たわたしを眺めた。その衣服は、母の助言に従い、この仕事で「着古す」ことにしたものだ。もう着ることはないからだ。

「いってえ、なんでこんな先の知れた仕事をする気になったんだ?」というのが、レイの最初の発言だった。

「ひと月するだけさ」と、わたしは言った。「大学に行くのを待ってるあいだだけ」

「大学?　オックスフォードとかケンブリッジとかって意味か?　ボートレースとかなんとか?」（大学に行くというのは、一九五二年では今よりかなり珍しかったということを忘れてはいけない。）

「違うのさ、ロンドン大学。ロンドン・スクール・オブ・エコノミックス」

「なんのために？」

「学位を貰うために」

「お前になんの役に立つんだい？」

わたしは、その質問に対する短くて単純な答えは何かと、じっくり考えた。「あとの人生で、もっとよい仕事が得られるからさ」とわたしは、とうとう言った。自分としては仕事は探さないだろう、繁盛しているちょっとした商売が自分を待っていてくれるから、と説明する気にはなれなかった。ミッチは指を軽く噛みながら、まるで、野蛮人のピグミーが密林に白人の探検家が出現したのに驚いたかのように、わたしをしげしげと見た。

ホスキンズさんはドアのところから、怒った顔を突き出した。「『こいつを教えてやってくれ』と言ったと思うがね？」

こいつは至極単純だった。ワゴンに新聞と雑誌を積み、混み始めている発車前の列車が停まっているプラットフォームに、ごろごろと押して行く。当時は、ウォータールー駅のプラットフォーム自体にはキオスクはなかった。そして、わたしたちは、読む物を持たずに改札口を通った乗客に奉仕することになっていた。最も繁盛したのは、サウサンプトンで大西洋横断の客船（覚えているだろうか？）に連絡する臨港列車が出る時だった。その乗客には、重い英国の硬貨をポケットから早くなくそうとしている一定の数のアメリカ人が含まれていた。次に重要なのは、南西の行楽地や田舎の町に行く急行列車で、とりわけ、全プルマン車輌のボーンマス・ベル号だった。カーテンを引いたどの窓の向こうにも、ピンクのシェードの卓上スタンドがあった。午後遅くや宵の口に列車に乗る大勢の通勤客は、朝、彼らを吐き出したのと同じ薄汚れた客車に再び鮨詰めになるが、わたしたちから新聞以外、ほとんど何も買わなかった。わたしたちが受けた指示は、ただ、客を探して駅をうろつき回るということだけだった。わたしたちはストックが少なくなるとワゴンを押して売店に戻って補充した。カウンターの後ろで働いていた、入念にパーマネントをかけた、感じのいい既婚の若い女のブレンダが、わたしたちが頼む新聞雑誌を渡してくれ、その数を記録した。

わたしは、その仕事が嫌いではなかった。鉄道駅は、社会学的にかなり興味のある場所である。そこでは、イギリスの階級制度の微妙な格差が、比類なく豊かで幅の広い実例で示される。あらゆるタイプの人間が見られ、人の人生の最も深く情緒的な瞬間のいくつかを立ち聞きすることができる。夫婦や恋人の別れと再会、遠くの戦場で戦うために出発する兵士、英連邦の自治領で新生活を始めるために旅立つ家族、ハネムーンに……なんであれハネムーンにすることのために出発するカップル。わたしは、それについては、ごくぼんやりとしたことしか知らなかった。Aレベルのために猛勉強をしていたのでひどく忙しく、セックスについて考える暇がなかったのだ。ましてや、経験したことなどなかった、一人でする類いのものさえ。二日目にレイが、お前は『ワンカーズ・タイムズ』（「ワンカー」は「マスかき野郎」）を数部ワゴンに積まなくちゃいけない、と言ったので、わたしは無邪気にもブレンダのところに行って、それを数冊渡してくれと言った。その言葉は、わたしの知らない言葉だった。それが指している行為に関して言えば、わたしが十四の時、父が「生の実態」（子供に教えるセックスの諸事実）について話し、うまくわたしに警告した。（その話もまた、わたしが食堂で立ち聞きしている際に、母に話しているふりをして父がしたものだ。「わたしは若者の時、精力を無駄に使わなかったものさ、わたしの言う意味がわかるだろ?」と父は大きな声で言った。「ちゃんとした時と場所のために取っておいたのさ」。「わたしもそう思うわ」と母が言った。）ブレンダは真っ赤になり、何やら呟きながらホスキンズさんのところに文句を言いに行った。ホスキンズさんは事務室から飛び出してきた。顔の片方は無表情で、もう片方は怒っていた。

「ブレンダをこんなふうに侮辱するなんて、なんの真似だ? 口をすすぐか、とっとと失せるかしろ、坊主」。彼は話しやめた。わたしが本当に戸惑っていることに気づいたからだ。「なら、レイに言われたんだな?」彼はふふんと鼻を鳴らし、笑い出すまいとして肩を震わせ、小さな金の鎖をかすかにチリンと言わせた。「わかった、奴を叱ってやろう。けど、今度は、そんなに世間知らずじゃいけない」。駅構内の広場の向こうの「スピーク・ユア・ウェイト」（体重を音声で告げる体重計）の脇でうろついていたレイとミッチが、この光景を、互いに肘で小突き合い、ニヤニヤしながら見ているのがわかった。「ついでに言っとくが、うちじゃあ『健康と効率』はワゴンに決して積まない」。(『健康と効率』とは、とここでわたしはいつも学生たちに説明しなければならない。それは、砂丘の中に品よく坐っているか、戦術的な位置に置かれたビーチボールを摑んでいるかしている裸女の写真がじっくりと眺められる、その当時はごく少数の、公然と売られていた出版物の一つだった。)

一日が終わると、わたしたちは売上金をホスキンズさんのところに持って行った。ホスキンズさんはそれを数えてから元帳に記入した。わたしの初日の売上は三ポンド十五シリング六ペンスだった。ミッチは五ポンド七シリング八ペンスで、レイは七ポンド一ペニーだった。わたしが二人に遅れを取ったのは、さほど驚くべきことではなかった。というのも、一番の顧客が乗っている列車の時間と場所を、二人は経験上知っていたからだ。次の金曜日——金曜日は週のうちで最も忙しい日だ——までには、わたしはミッチにほとんど並んだ。彼は九ポンド一シリング六ペンスで、わたしは八ポンド十九シリング六ペンスだった。レイは十ポンド十五シリング九ペンス売り上げたが。

「一日の最高の売上額はいくらなの?」三人で売店を出る際、わたしは貰ったわずかな賃金をポケットに入れ、帰宅する群衆に加わろうとしながら訊いた。こうしたセカンダリー・モダンの連中が、遥かに経験があるにせよ、自分より多くの現金が手にできるということがやや苛立たしかった。そのことが、『健康と効率』でからかわれたことより、ずっとわたしには腹立たしかった。

「レイは、いつかの金曜に、十一パーン（ポンド）十九シル六ペンス稼いだぜ」とミッチは言った。「最高記録さ」

運命的文句！　アルコール中毒患者にとっての酒の匂い。仕事は不意に競争に変貌した——学校の試験のように。ただ、成績は点数ではなく、金額で計られる。わたしは次の金曜日、レイの記録を破る決心をした。ホスキンズさんがわたしの売上合計を読み上げた時にレイとミッチの顔に浮かんだ、呆然とし、信じ難いという表情をいまだに覚えている。

「十二ポンドきっかり！　でかした、坊や！　これまでで随一、そう思うね」

翌日の土曜日、わたしはレイが、海辺の保養地に向かう特別列車に乗るため長い列を作っている行楽客から搾り取ろうと、ミッチとわたしが商売をするプラットフォームに行楽客が辿り着く前に、熱心に仕事に精を出しているのに気づいた。ホスキンズさんがその日の終わりに売上の合計を発表すると、レイが十二ポンド七シリング八ペンス稼いだことがわかった——新記録で、しかも土曜日に達成したので、とりわけ見事だった。

突如、わたしたちは猛烈な競争に巻き込まれた。経済的には、それはまったく馬鹿げたことだった。というのも、わたしたちは売上手数料を貰っていなかったからだ——ホスキンズさんが貰っていたのは確かだったが。わたしたちの売上が毎日、毎週増えると、当然ながら彼は嬉しそうだった。午後遅くわたしたちのワゴンが戻ってくる音を聞くと、彼は歪んだ微笑を浮かべながら狭い事務室から出てくるのだった。金の鎖が、駅の天井の汚れたガラス窓から斜めに射してくる蒼白い陽光を受けてキラキラ光った。間もなく、十一ポンド十九シリング六ペンスという古い記録は、取るに足りない額に思えるようになった――雨の月曜日あるいは火曜日に、わたしたちの誰もが楽々と達成できるような額に。わたしが雇われてから三回目の金曜日に、わたしたちは三人で五十ポンド以上稼いだ。ホスキンズさんが売上の合計を高らかに告げると、レイの顔は蒼白くなり、引き攣《つ》った。ミッチは、自分の体を食べるほどに飢えた人食い人種のように指先を噛んだ。ミッチは十四ポンド十シリング三ペンス稼ぎ、レイは十八ポンド四シリング九ペンス売り上げ、わたしは十九ポンド一シリング三ペンス売り上げた。

　次の週は、わたしの仕事の最後の週だった。そのことを知っていたレイとミッチは、わたしの売上を凌《しの》ごうと熾烈な競争をした。わたしは、その挑戦に張り切って応じた。わたしたちは、一本の列車が出発し、別の列車が入ってくると、プラットフォームからプラットフォームへとワゴンを押して走った。文字通り走った。わたしたちは混んでいる臨港列車の裕福そうなアメリカ人を探し出し、わたしたちの一番高価な雑誌、『ヴォーグ』と『ハーパーズ・バザー』（それぞれ半クラウン（一クラウンは五シリング）もした）を目立つところに置いて、彼らのそばをうろうろした。わたしたちは、雑誌に気前よく金を使ってガールフレンドを感心させようとする類いの、ボーンマス・ベル号の青年の乗客を見つけるのがうまくなった（カップルのどちらも、そうした雑誌を読まないのは明らかだったが）。わたしたちは、その時その時の顧客に応じ、一日に数回ストックを並べ替えた。わたしたちは昼食の時間を切り詰め、お茶の時間にもあちこち動いていた。レイとわたしの売上は、毎日互角だった。数シリングの差で彼が勝つこともあり、わたしが勝つこともあった。しかし、二人の本当の白熱の一戦は金曜日だった。わたしは残業していたため、最後の土曜日は来なくてよいことになったので、その金曜日がわたしの最後の仕事の日だった。レイもわたしも、その金曜日に記録が再び破られ、たぶん、たった一日で二十ポンドという魔術的金額――言ってみれば一マイルを四分で走るという記録――が、わたしたちのどちらかによって達成されるだろうということを意識していた。

わたしたちはその日、出発する急行の一等車のコンパートメントの脇の一番見込みのある場所を取ろうと、ワゴンを押して駅の中をがむしゃらに走った。わたしたちは、相手の減っていくストックを互いに油断なく監視した。アラブの露天商よろしく、乗客に声をかけて驚かせたり、涙を流しながら抱き合っている親戚たちの親しい輪の中に割り込んだり、乗客が、すでに席に落ち着き、静かに居眠りをしようとしている車輛の窓をしつこくコツコツ叩いたりした。ある時、『ホームズ・アンド・ガーデンズ』を売り切ろうと、動いている列車の脇をレイが実際に走っているのを見た。

一日の終わりに、ミッチは十五ポンド八シリング六ペンス売り上げ、レイは二十ポンド一シリング九ペンス売り上げ、わたしは二十一ポンド二シリング六ペンス売り上げた。レイは、げんなりした蒼白い顔をして横を向き、吸っていた煙草を踵で踏み躙《にじ》った。ミッチはそっと呪いの言葉を吐き、しょっちゅう噛んでいる指先から血を流した。わたしは、不意に二人が可哀想になった。わたしにとって未来は、ボーンマス・ベル号の卓上スタンドのように薔薇色だった。数年のうちに、ふかふかしたプルマン車輛のクッションに坐って昼食をとるのは自分だと思ってよい理由があった。さらに何年も経たないうちに、自分がクイーン・メアリー号に乗船するために臨港列車に乗り、アメリカで奨学金を貰うことになるだろうとまでは実際には考えていなかったものの、そうした広大な地平線が、ある日自分のものになるという予感はしていた。一方、レイとミッチにとっての未来は、プラットフォームからプラットフォームへとワゴンを押し、やがては、おそらく売店のカウンターの後ろで働くというものでしかないだろう――あるいは、もっと考えられるのは、ポーター か清掃員になるというものでしか。わたしが売上競争で勝ってしまい、少なくともその点でわたしを負かしたというささやかな満足感を二人に与えてやらなかったことを、わたしは今は悔いている。しかし、さらに悪いことが起こった。

ホスキンズさんは最後の賃金を払ってくれた。三枚の一ポンド紙幣と一枚の十シリング紙幣だった。「あんたはよくやった、坊や」と彼は言った。「ワゴンからの売上が、あんたがここに来てからうんと伸びた。あんたは、この二人の怠け者のろくでなしに、勤勉に働くっていうのは実際どんなことかを見せてやった。わたしの言うことをよく聞くんだ」と彼は、言葉を続けてレイとミッチを見た。「お前たち二人が、この子がいなくなったあとも、立派に仕事を続けることを期待する。今後、金曜日ごとにこのくらい稼がなければ、その理由を知りたいものだ――わかったかね？」

翌日、わたしは両親が台所で話しているのを立ち聞きした。「あの子はひどくふさいでるようね」と母が言った。「恋に落ちたのかしら？」父は、馬鹿にしたように鼻を鳴らした。「恋に？　便秘になっただけだろうよ」。「あの子はきのう仕事から帰ってきた時、とっても静かだった」と母が言った。「家を出るのを残念がってると思ってしまうわ」。「結局のところ、大学に行くのはいい考えかどうか迷ってるのかもしれないな」と父が言った。「ならば、今すぐに実業の世界に入ってもいい、あの子がその気なら」

わたしは台所に駆け込んだ。「僕がなんでふさいでるのか言ってやる！」と、わたしは叫ぶように言った。

「他人《ひと》のプライベートな会話を立ち聞きするものじゃありませんよ」と母が言った。

「資本主義がどんな具合に労働者を搾取するのか見たからさ！　どんな具合に資本主義が人と人を対立させ、人を騙して競い合わせ、利益をすっかり自分のものにするのかを。僕は資本主義とはもう、なんの関係も持たない！」

父は呻《うめ》き声を上げながら台所の椅子に深く坐り込み、両手で顔を覆った。「わかっていたよ、こういうことがいつか起こるのが。この何年も一人息子のために齷齪《あくせく》働いてきたが、その息子が精神錯乱に陥った。こんなことがわたしの身に起こるなんて、一体わたしが何をしたっていうんだ?」

そういう訳で、わたしは社会学者になった。わたしの初仕事は、最後の仕事でもあった。(今のこれは仕事とは呼ばない——本を読み、それについて「捕らわれの聴衆」に話すというのというのは。わたしは、今していることを、金を払ってもらえなければ自分で金を払ってでもする。は。)わたしは、見ての通り、実業の世界には入らなかった。わたしは、プロテスタントの倫理観が仲間にさほど害を及ぼさない学者生活に入った。でも、レイとミッチの顔が、いまだにわたしに取り憑いている。わたしが最後に二人の顔を見た時、二人は、あの仕事の苛酷なテンポ、あの異常なほどの売上額を際限なく維持しなければならない、自分たちの得にはまったくならないのに、ということを沁々《しみじみ》悟った。そうしなければ、二人は絶えず文句を言われ、罵られる。すべて、わたしのせいで。

ウェーバーについての講義が終わると、わたしは大抵、マルクスとエンゲルスに戻る。

気候が蒸し暑いところ

Where the Climate's Sultry

ずっとずっと昔の一九五五年八月、ピルも性に寛大な社会《パーミッシヴ・ソサエティー》も出来ていない頃、イギリスの四人の若い男女がイビサ島で、自分たちの性的欲望と悪戦苦闘していた。その島も、イギリス人に人気のある保養地には、まだなってはいなかった。当時イビサ島は、まだエキゾチックな目的地で、出発する行楽客は、卑下することなくその島の名前をさりげなく口にしたであろう——実際、そこに行くのはある種の冒険だという感じがあった。それが、デズモンド、ジョアンナ、ロビン、サリーにとって冒険なのは確かだった。

デズ、ジョー、ロブ、サル——彼らは互いにそう呼び合っていて、名前のあまり重要ではないシラブルは、絶えず使っているうちに消えてしまったのだ——は、地方の赤煉瓦大学の二週目の新入生歓迎ダンスパーティーで初めて知り合い、それぞれペアになった。不安であると同時に興奮している若者がひしめいているそのパーティーで、いわば選択親和力が四人を引き寄せたのである。四人のいずれも、新しい環境に張《みなぎ》る性的競争心にどぎまぎし、誰と「付き合う」かという問題をきっぱりと解決してくれる、好感が持てて見苦しくない異性の相手を、半ば意識的に探していた。彼らは賢明な選択をした。続く三年間、仲間の学生たちが気紛れにパートナーを頻繁に変えたり、ダンスパーティーの隅でいつも物欲しげにぽつんと独りでいたりするあいだ、また、周り中で、ふられた男子学生が酒浸りになり、棄てられた女子学生がチューターのハンカチを涙でぐしょぐしょにするあいだ、また、軽率な婚約が痛ましくも解消し、神経衰弱がインフルエンザの如く流行しているあいだ、デズモンドとジョアンナ、ロビンとサリーというツインの関係は穏やかで安定していた。拡大し分裂しやすい宇宙の中の、固定した、四つ星の星座だった。

二人の女子学生は人文科学専攻で、二人の男子学生は化学専攻だった。授業以外では、彼らはいつも一緒の四人組だった。二年目に、大学の規則が認めているので、二人の女子学生はワンルームマンションを借りた。その部屋で四人は、晩に一緒に食べたり勉強したりした。十時になると最後のコーヒーを飲み、明かりを暗くした。それから三十分ほど、青年たちがそれぞれの下宿に帰るまで、ツインのソファーベッドに凭《もた》れて抱き合った。抱き合う以上のことはその状況では不可能だったが、その取り決めは彼らに適していた。ジョアンナとサリーは感じのよい娘で、デズモンドとロビンは思いやりのある青年だった。どちらのカップルも、やがては結婚するものとぼんやり思っていたが、その可能性は、あまりに先のことであると同時にあまりに現実的なので、予想することができなかった。二人はよい連れ三人は仲間割れ、とすれば、四人はこの場合、よい連れだった。実際、お互いがそれぞれのソファーベッドでいちゃついているあいだ、二組のカップルは、自分たちの空間を超えて、生き生きとした「四方向会話」を交わすのだった。

最終試験が近づくと、四人は猛勉強をした。彼らは自分に褒美をやる計画を立てていた。学生生活を、デズモンドの言葉では、「どこかありきたりではない場所での、豪勢な大陸休暇」で締め括るのだ。費用は、冷凍食品工場で一ヵ月働いて工面することになった。それは、彼らが分別のある、責任感に富んだ若者であるのを示しているので、親たち八人の誰も、その計画に異を唱えなかった。親たちは、おとなしいイギリス人の性格に地中海の大気が及ぼす影響については考えなかったのだろう。最終試験でバイロンに関する問題の下調べをしたジョアンナが、イビサ島で、取り憑かれたように好んで何度も引用したバイロンの詩句が正しいとは。

人が色事と呼び、神が姦淫と呼ぶものは、
気候が蒸し暑いところでの方が盛んだ。

当時、イビサ島には空港がなかった。ガタガタする古いダコタでの学生チャーター便でバルセロナまで行き、そこで学生たちは、同日の夕方、バレアレス諸島行きの船に乗った。デズモンドとロビンは、デッキに坐って起きていた。夜明けにジョアンナとサリーが加わり、青緑色の地中海から、イビサ島の町の白い、急角度の傾斜面に建っている家々の正面がゆっくりと姿を現わすのを目にすると、感嘆の声を上げた。四人は、波止場のカフェの外で、早くも彼らの肩甲骨のあいだで熱くなっている陽光を感じながら、ロールパンとコーヒーの朝食をとった。それからバスで島を横断し、浜辺のある、もっとひっそりとした保養地のペンションに入った。

初めのうち彼らは海水浴や日光浴や、その他小さな保養地の単純な気晴らしにすっかり満足していた。アルコールが馬鹿らしいほど安いカフェと飲み屋《ボデガ》、けばけばしい籠細工と革製品を売る店、やや大袈裟に「ナイトクラブ」と名付けられた店。その店では甘口のスペイン産シャンパン一瓶の値段で、三人編成のバンドのぎくしゃくしたリズムに合わせて、コンクリートの床の上でダンスができ、時折、素人っぽいが活気のあるフラメンコの踊りを見ることができた。四人の若い男女は、いつも礼儀正しく、かつ愛想よく振る舞ったので、彼らが到着した時はやや胡散臭い客だと思っていたペンションの女経営者も、今では、彼女が出す、やや変化に乏しいがちゃんとした料理を彼らが食べに来ると、満面の笑みを浮かべた——スープ、魚か仔牛の肉、ポテトチップス、サラダ、西瓜《すいか》。

彼らは純真さを失い始めたが、それはたぶん、自分たちの肉体的魅力が増したことを意識したせいだろう。勉学と冷凍食品工場での仕事で蒼白くなっていた肌は、南の太陽でわずか数日のうちに焼けた。彼らは、人工的に色付けされた舞踏場の鏡を見るかのように互いの姿を眺め、嬉しい驚きでちょっとぞくぞくした。自分たちは、なんとハンサムなんだろう、なんと可愛いんだろう！　ジョアンナの雀斑《そばかす》のある日焼けした肌は、太陽で漂白されたような髪に、なんと似合うんだろう！　黄色い水着を着たサリーの褐色の四肢は、なんとすらりとして、しなやかなんだろう！　浜辺にいる時、また、晩に白いワイシャツを着て洒落た薄手のスラックスを穿いた青年たちは、なんと健康そうで男らしいんだろう！

そして、スペインの一日のリズム自体、官能的愉楽への誘いだった。彼らは遅く起き、朝食をとってから浜辺に行った。二時頃、ペンションに戻って昼食をとったが、その際、かなりのワインを飲んだ。それから、シエスタのために男女それぞれの部屋に退《の》いた。六時にシャワーを浴びて着替え、散歩し、アペリティフを飲んだ。八時半に夕食をとり、そのあと、再び外に出て、地中海の絹めいた肌触りの夜気の中を歩いて、お気に入りのボデガに行き、剝き出しの木製のテーブルを囲んで、バレアレス諸島に知られているあらゆる蒸留酒を念入りに試した。真夜中を過ぎてからペンションに戻ることもあった。やや覚束ない足取りで階段を登りながら互いにクスクス笑ったり、しーっと言ったりした。全員で女たちの部屋に入り、ジョアンナが、水の入ったカップに浸ける小さな電気器具を使ってインスタントコーヒーを淹れた。それからしばらくのあいだ、彼らはツインベッドで抱き合った。しかし、彼らが最もエロティックな刺激に満ちていると思った時間は、シエスタの時間だった。その際彼らは、たっぷりと食べてたっぷりと飲んだあと、下着姿でそれぞれのベッドに横になり、眠気を感じながらも眠り込みはせず、閉めた鎧戸に照りつける太陽の熱にぼうっとなり、どっと押し寄せるとりとめのない考えと欲望のなすがままになった。ある日の午後、デズモンドとロビンはブリーフを穿いただけの姿で、それぞれのベッドに横になっていた。ロビンは、イギリスから持ってきた『ニュー・ステーツマン』を物憂げに拾い読みしていた。デズモンドは、閉めた鎧戸を催眠術にかかったかのように見つめていた。陽光が、溶けた金属のように、裂け目から洩れてきていた。その時、ドアにノックの音がした。サリーだった。

「ちゃんと着てる？」

ロビンが答えた。「いや」

「裸？」

「いや」

「なら、大丈夫」

サリーは部屋に入ってきた。どちらの青年も、体を覆おうとはしなかった。暑くて、なぜかわざわざそうする気になれなかったのだ。いずれにせよ、サリー自身、パンティーがワイシャツの上からくっきりと透けて見えていた。そのワイシャツはロビンから借りたものので、ネグリジェ代わりに着ていたのだ。

「なんの用？」とロビンが言った。

「話し相手が欲しいの。ジョーは眠ってるし。ちょっとどいて」

サリーはロビンのベッドに坐った。

「痛い、僕の日焼けに気をつけてくれよ」と彼は言った。

デズモンドは目を閉じ、別のベッドから聞こえてくる囁き声、クスクス笑い、カサカサという音、軋る音にしばらく耳を澄ました。「気づかなかったら言うけど、僕はシエスタをしようとしてるんだ」と、彼はとうとう言った。

「なら、あたしのベッドを使ったら?」とサリーが言った。「そこなら静かよ」

「いい考えだ」とデズモンドは言って起き上がり、バスローブを羽織った。

彼が去ると、サリーは含み笑いをした。

「なんだい?」とロビンは言った。

「ジョーは何も着てないのよ」

「本当に何も?」

「一糸纏《まと》わず、よ」

デズモンドは女たちの部屋をノックした。返事がなかったので、ドアを少し開けて首を突き出した。ジョアンナは背を彼の方に向けて寝ていた。日に焼けていない尻は白く、鎧戸を閉めた部屋の中で、双子の月のように蒼白く輝いていた。彼は慌ててドアを閉め、廊下に佇んだ。心臓がドキドキしていた。それから、再びノックした。今度はもっと強く。

「なあに？　誰？」

「僕だよ――デズ」

「ちょっと待って。いいわよ」

彼は中に入った。ジョアンナは、シーツで体を覆っていた。顔は紅潮し、髪は汗で額に貼り付いていた。「起きる時間なの？」と彼女は訊いた。

「いや。ロブとサルが僕らの部屋でふざけ回ってるんだ。だから、ここでシエスタをしに来たのさ」

「あら」

「いいかい？」

「楽にしてよ」

デズモンドは、気をつけをしている兵士のような姿勢でサリーのベッドに横になった。

「あんまりリラックスしてないようね」とジョアンナは言った。

「君と一緒に横になってもいいかい？」

「いいわよ」。彼は即座に部屋を横切った。「シーツの外にいる限りは」と彼女は言い添えた。

「なんで？」

「何も着てないから」

「そうなのかい?」

「あんまり暑いから」

「そうだね」。デズモンドはバスローブを脱いだ。

「そして彼らは、ごく古典的なグループになる……」

「なんだって?」

「半裸で、愛する、自然で、ギリシャ風の」。ジョアンナは、ちょっと顔を赤らめた。

「バイロンよ」

「また奴か! なかなかセクシーなタイプなんだな、奴は?」

「ええ、そうなの、実際」

「僕みたいさ」とデズモンドはシーツの上からジョアンナを撫でながら悦に入ったように言った。


翌日の昼食後、彼らはシエスタをしようと踊り場で別れる際、ばつが悪そうに躊躇した。するとデズモンドがロビンに言った。「今度は君がサリーの部屋に行ったらいいじゃないか?」そして、すぐそのあと、バスローブを羽織ったロビンとジョアンナは、恥ずかしげに微笑みながら廊下で行き違った。翌日も同じことが起こった。その次の日も。彼らは黙って、思いに耽るグループになって、いつものように夜遅くコーヒーを飲んだ。二組一緒の抱擁は、今ではかなりお座なりの儀式になった。誰もが、午後にもっと陶然とする快楽を味わったからだ。そのあと、自分たちの暑くて暗い寝室で寝るのが難しくなった。

「デズ……」

「うーん?」

「これまでに、あのさ……?」

「なんだい?」

「女の子としたかい」

やや長い間《ま》があってから、デズモンドは答えた。「わからない」

ロビンはベッドの上で起き直った。「したか、しないかだぜ!」

「しようとしたことは一度あった、けど、ちゃんとしたとは思わない」

「なんだって、君とジョーが?」

「まさか、違うよ!」

「なら、誰と?」

「その子の名前は忘れちまった。何年も前のことだけど、ボーイスカウトだったんで、ヨークシャー渓谷でキャンプをしてたんだ。夜になると、地元の二人の女の子がキャンプの周りをうろついた。僕ともう一人の奴が、ある晩、その二人と一緒に散歩に出た。僕と一緒にいた子が、突然言ったんだ、『よければ、あたしとできるわよ』」

「いやはや」とロビンは、羨ましそうに小声で言った。

「地面はぐっしょり濡れていたんで、僕らは木に寄りかかった。僕は根っ子で滑ってばかりいて、なんにも見えなかった。そのあとで、女の子は言ったよ、『これじゃあ進級章《バッジ》はあげられないわね、坊や』」

ロビンは大声で笑った。嬉しそうだった。

「君はどうなんだい？」とデズモンドは訊いた。

ロビンは、またむっつりした。「全然」

「なんで訊く気になったんだい？」

「こうしてサルと一緒に午後を過ごしていると、気が変になるんだ」

「わかるよ。僕らは今日、行くところまで行きそうだった」

「僕らもさ」

「僕らは、そのことを真剣に考えた方がいい」

「年中考えてるさ」

「予防措置って意味さ」

「うん。危険だろうと思う」

「危険！」

「君は持ってきてないよな、なんて言うのか……」

「コンドーム？」

「その通り」

「僕が？」

「うん、君くらいの経験のある者は……」

「どんな経験？」

「ボーイスカウトで」

「馬鹿言うなよ」

「なら、どうしよう？」

「地元の店を当たってみてもいい」

「うーん」。ロビンは疑わしそうだった。「ここはカトリックの国だぜ。おそらく違法だろうな。とにかく、あれはスペイン語じゃなんて言うんだい？」

「常用会話集を見てみよう」

「いい考えだ」。ロビンはベッドから飛び出し、明かりを点けた。二人は一緒に『旅行者のためのスペイン語常用会話集』の上に頭を寄せた。

「どこに出てるんだろう？」

「『薬屋』か『理髪店にて』を見てみたらいい」

「そうだな」とロビンは、数分、常用会話集を丹念に調べてから、苦々しげに言った。「『足の裏に水ぶくれが出来てしまったのですが』とか『乾いた頭皮のためのシャンプーが欲しいのですが』って書く余裕があるのに、人が実際に必要としそうなものになると……」

「待てよ」とデズモンドは言った。「『医者に診てもらう場合』のところは、まだ見てなかった。『わたしの……が痛いのですが』っていう、万能の文句がある。そいつが応用できないかな？」

「駄目だ」。ロビンは明かりを消し、手探りでベッドに戻った。少し経つと、目の前に明かりとデズモンドの目があった。デズモンドは「『ニュー・ステーツマン』」と語気鋭く小声で言い、彼をしきりに揺すっていた。

「え？」

「君の『ニュー・ステーツマン』だよ。裏表紙に、家族計画の広告があるんだ」

ロビンは、不意にすっかり目を覚ました。「デズ、君は天才だ」と彼は言った。そして、続けた。「でも、時間がないだろうな」

「考えてみたんだ。もし、あした注文すると、一週間で来る、あるいは一週間ちょっとで」

「際どいな」

「なら、もっといい考えがあるのかい？」

ロビンには、なかった。二人は『ニュー・ステーツマン』の広告を見つけたが、無料のカタログの案内しかなかった。二人は自分たちの必要とするものの価格も明細も知らなかったので、注文の手紙を書くのにいささか苦労した。だが、とうとう書き上げた。金を同封する際、万一不足だといけないので、充分過ぎる額の金を気前よく入れた。「釣りは要らないと書いておけよ」とロビンは言った。「事が早く運ぶだろうから」

しかし、その間《かん》、廊下の別の端で、そうした努力を無駄にしてしまうような会話が進行していた。女たちは翌朝、浜辺でその会話の内容を男たちに告げた。

「ジョーとあたしは、ゆうべ真剣に話し合ったの」とサリーが言った。「でね、手遅れにならないうちに、やめなくちゃいけないって、二人とも思ったの」

「何をやめなくちゃいけないんだい？」とロビンが言った。

「なぜだい？」とデズモンドは、わからないふりをするのは意味がないと悟って言った。

「正しくないから」とジョアンナが言った。

「あたしたちみんな、それが正しくないのを知ってる」とサリーが言った。

二人の青年は、昼食の時、むっつりと押し黙っていた。そのあと彼らはシエスタをするため、険しい顔をしながら自分たちの部屋に行った。女たちも、自分たちの部屋に行った。

「ほんと」とサリーが言った。「これが休暇に水を差すことにならなきゃいいんだけど」

「あたしたちに必要なのは」とジョアンナが気を利かせて言った。「場所を変えること。あした、イビサの奥に行きましょうよ」

そういう訳で翌日、四人はバスで町に出た。波止場に小さな人だかりが出来ていて、ちょっと粋な、黒塗りのヨットを眺めていた。ロビンに、有名な映画スターの名前が聞こえてきた。

「あら！」とサリーが言った。「岸に上がってくるかどうか待ちましょうよ」

一同はしばらくぶらぶらして待っていたが、有名な映画スターは現われなかった。一度、ツーピースの水着を着たグラマーな若い女が、ハッチから彼らを傲慢な態度でしばらく見ていたが、やがて引っ込んだ。

「奴が岸に上がりたくないのも当然だな」とデズモンドが言った。

「行きましょうよ、飽きちゃったわ」とジョアンナが言った。

四人は旧市街を散策したが、どの街角でも、金をせびるおぞましい不具者をできるだけ避けた。彼らは、洗濯物で飾られた、嫌な臭いのする急な坂をいくつも登り、港を見下ろしている、一種の要塞の胸壁に着いた。砦の中に、小さな考古学博物館があり、火打ち石、陶器の破片、硬貨、彫刻が展示されていた。ジョアンナとサリーは婦人用手洗に行った。

サリーが先に出てきた。不潔な手洗に、ややショックを受けたようだった。デズモンドとロビンは、ガラスケースの中の物をしげしげと眺めていた。

「何を見つけたの？」

ロビンはニヤリと笑った。「見てみなよ」

ガラスケースには、ひどく誇張した性器を具《そな》えた、小さな、粗雑に作られた粘土の人形がいくつか入っていた。巨大な陰茎、突き出た乳房、筋の入った、膨れた腹。

「あら」とサリーは、しばらくぼんやりとそれを眺めてから言った。「あんな変なものを博物館に置くなんて」

「なんなの？」と、三人と一緒になったジョアンナが言った。

デズモンドは、場所をどいてやった。「多産なんとかさ」と彼は言った。

「あたしたち、あの問題から逃れられないようね、そうでしょ？」と四人が博物館を出る時、サリーがジョアンナに言った。二人の青年は、腕を組んで丘を下りて行く彼女たちの後ろで、一緒にクスクス笑っていた。

その日のそのあとと翌日の朝から晩まで、デズモンドとロビンは一緒にいて、サリーとジョアンナを二人だけにした。それは、シエスタがそういうことになったのだから、いつもこの方がよい、ということを暗に意味していた。サリーもジョアンナもそのメッセージをよく理解していて、落ち着かず、惨めな気分だった。夕食の席で、ロビンとデズモンドは粘土の分子構造と、多産なんとかの人形の年代を知るのにそれが適用できるかどうかについて、盛んに話した。そして、そのあとのボデガでも、グリーン・シャルトルーズを飲みながら、同じ話題を追求した。ひどく派手なチェック柄のバーミューダショーツを穿いた二人の若いアメリカ人が、バーが混んでいるんで相席しても構わないだろうかと、丁重に訊いてきた。そして、ロビンとデズモンドの話に引き込まれた。ロビンとデズモンドは、イビサの博物館の宝物《ほうもつ》について雄弁に詳しく話した。その間、二人のアメリカ人は、ジョアンナとサリーに向かってニヤニヤ笑った。

「こんな具合に続けてはいけないわ」と、その夜サリーは言った。

「でも、決心を変える訳にはいかない」とジョアンナが言った。「そうでしょ?」

「考えてたのよ」とサリーが言った。「あたしたち、婚約すれば違うだろうって」

「ええ」とジョアンナは思慮深げに言った。「そうよね」

翌日、四人揃って婚約した。正式なものではなかったが——それは家に帰って両親に報告するまで待たねばならなかった——ごく、ちゃんと行われた。ジョアンナもサリーも市場の屋台で、「当座の用」として安物の指輪を選び、薬指に誇らしげに嵌めた。その晩、彼らはレストランで祝いの食事をし、コース料理の合間に感傷的に手を握った。同じレストランに居合わせた二人のアメリカ人は指輪に気づき、おめでとうと言った。

「あたしたち、婚約することに決めて、本当に嬉しいわ」とジョアンナは、翌日の午後、デズモンドに言った。「あなたもそうでしょ、デズ?」

「そうとも」

「一緒にシエスタができるからじゃないでしょ?」

「もちろん違うとも」

「ちゃんと婚約すると、なぜか違うわね。つまり、それ以前は、あたしたちはただ快楽のためにそうしてるんじゃないっていう確信がまったく持てなかったって意味。でも今は、愛のためだってことを知ってる」

「快楽のためでもあるさ」

「ええ、快楽のためでもあるわ。おお、デズ!」

「おお、ジョー!」

「あらまあ」とサリーが、目を逸らせながら言った。「あなたったら多産なんとかにそっくり」

「そうなった気分さ」とロビンは言った。

彼ら全員が、自分たちは問題を解決していず、思い切ったことをしなければ事態は打開できないのに気づいたのは、それから間もなくだった。一つの決定的な問題が、彼らが起きている時間にのしかかってきた。そして、起きている時間は長かった。というのも、彼らは暑い夜が更けるまで、そのことについて話し合ったからだ。

「サル」

「なあに？」

「あたしたちは今日、もう少しでするところだった」

「あたしたちなんて、いつもするところ」

「いいえ、真面目な話よ。あたしはデズに言ったの、『もし、あなたがしたければ、止《と》めることはできないでしょうね』って」

「あらまあ、どうなったの？」

「そう、あの人はとっても優しかったわ。あの人、こう言ったの、『十数えるから、よく考えるんだ』、そうして、別のベッドに行って坐った」

「それで？」

「あの人が数え終えた時、あたしは考えが変わっていた」

「君は、もっと早く数えればよかったと思ったかい？」とロビンが訊いた。

「そうでもない」とデズモンドは言った。「僕自身、いわば酔いが醒めてた。もしジョーが妊娠したらって、考え始めた。つまり僕らは、先週同様、結婚には近づいてないのさ」

「『ニュー・ステーツマン』から例のものが来てもいい頃だなあ」とロビンは言った。

「残された時間は多くない」

「そう、もうどっちみち、残された日数は多くないわ」とジョアンナは言った。「イギリスに戻ったら、事はもっと楽でしょうよ」

「ええ、万事外国では違うように思える」

「人が色事と呼び、神が姦淫と呼ぶものは……」

「姦淫じゃなくて、情交でしょう」と、その引用に少々うんざりしていたサリーは言った。

翌日、デズモンドは郵便で無地の茶色の封筒を受け取り、それを持って自分の部屋に戻った。ロビンが大いに期待しながら、あとからついて来た。

「なんにも入ってない」とデズモンドは暗い顔で言った、「触った感じでわかるんだ」。

彼は封筒を引き裂いて開け、一通の手紙と小切手を取り出した。

「畜生！」

「なんて書いてある？」

「誠に遺憾ながら、規定により当社の製品をスペイン共和国に送ることはできません」

「言ったじゃないか」とロビンは言った。「カトリックの国だからさ」

「ファシストの豚ども」とデズモンドは言った。「宗教裁判官。警察国家」。彼は、反スペイン感情をひどく高ぶらせた。「司祭屋！　偽善者！」彼は窓から身を乗り出し、叫んだ。「フランコを倒せ！　サー・ウォルター・ローリー万歳！」

「落ち着けよ」とロビンは言った。

下の通りを歩いていた二人のアメリカ人は、不思議そうな顔で見上げた。デズモンドは、彼らに手を振った。

「ロブ」と彼は肩越しに言った。「あのヤンキーは持ってないだろうか」

「あの人たちは手に入れたわよ」とサリーはその夜、ジョアンナに言った。

「知ってる」

「あたしたち、協力しましょうよ、ジョー」

「ええ」

「なぜいけないんだい？」とロビンは言った。「完全に安全なんだぜ」

「それは確かだけど」とサリーは言った。「でも……」

「でも、なんだい？」

「そう、あたしたちは結婚する時のために、一つのことは取っておくべきだと思うわ」

「でも、あと何年も結婚できない」

「それなら、なおさら」


「あのね、僕が君を尊敬しなくなるだろうって君は考えてるんだろう」とデズモンドは言った。「あのあとで」

「あら、違うわ、デズ、そうじゃないの」

「僕は、一層君を尊敬するよ。君が自分の信念を断行する勇気に対して」

「でも、信念なんか持ってない。ただの予感。あたしたちは後悔するだろうっていう」

デズモンドは溜め息をついて、体をごろりと回して彼女から離れた。「君にはがっかりしたよ、ジョー」と彼は言った。


「あたしたち、理不尽だと思う？」とジョアンナは、その夜言った。

「あの人たちこそ理不尽だと思うわ」とサリーは言った。「結局、あたしたちは譲歩に譲歩を重ねたってわけ」

「あなたは、どこかに線を引かなきゃ」

「その通り」

「でも、男の人にとっては違うのよ」とジョアンナは言った。

「ロブが言うには」とサリーは言った、「あれは水の出ている蛇口を親指で押さえているようなものだって」

　闇の中に横たわりながら二人の女は、その説得力のあるイメージについて黙ってじっくりと思いを巡らした。ジョアンナは、シーツをパタパタ振って微風を起こし、「いつもより暑いようね」と言った。


　そういう訳で、休暇が終わりに近づくにつれ、緊張感は増し、彼らはそれを放埒《ほうらつ》な会話で解放した。もはや、各カップルがその内密な生活をプライベートなものにしておくという慣習を維持することに気を遣わなくなった。彼らは共通の問題を明るみに出し、自分たちでも驚くほどのあけすけさと世慣れた態度で論じた――浜辺で、食事の際に、酒を飲みながら。「僕らみんな、処女性それ自体にはなんの特別な価値もないことに同意していると、僕は思うんだ」とロビンは、座の空気を摑んだと感じている議長のような態度で言うのだった。そして、一同はわかったような顔で頷いた。「事実、結婚前のいくらかの性的経験は明らかに望ましいと言って間違いないと思う」

「そうね、賛成するわ」とサリーは言った。「原則的に。つまり、もし当事者のどちらも何をどうすべきか知らなかったら、初めての時はひどい混乱状態になりうるって意味。けど、なんで女の側がいつも無知でなければならないの？　時代遅れよ」

「でも、こうは思わない？」とジョアンナが言った。「結婚した時に、期待してるものが何もないとしたら残念なことじゃない？　つまり、結婚が、すでに起こったことを合法化するだけだとしたら？」

「問題は」とデズモンドが言った。「僕らが、ほかの誰かと性的経験をする機会を持つ前に、結婚したい相手と深い関係にならずに、ずるずる付き合うってことさ」

「デズ、なかなかうまいことを言うわね」とサリーが言った。

それは、また昔のようだった。学生時代のリラックスした仲間付き合いが戻ってきたのだ。再び、深夜、コーヒーを飲みながらの活潑な「四方向議論」が行われた。だが、休暇が終わる前の日になってようやく、自分たちのジレンマの解決策はたった一つしかないという事実を直視した。

四人はジョアンナとサリーの部屋に坐っていた。彼らは、晩に飲んだ酒のせいで顔が紅潮し、目が輝いていた（ペセタはもう残りを気にせずにどんどん使えたので、いつもより余計に飲んだ）。すると、デズモンドが提案した。

「僕にはこう思えるんだ」と彼は、歯磨き用のマグの底のコーヒーの滓《かす》をぐるぐる回しながら言った。「もし、僕らがみんな経験したがっているが、結婚前に経験したくないと考えていて、また、娼婦やジゴロのところには行きたくなければ――」

「もちろん、嫌よ」とサリーが言った。

「なんておぞましい考え」とジョアンナが言った。

「となると、唯一の可能性しか残っていない」

「スワッピングっていう意味かい?」とロビンが言った。

「うーん」とデズモンドが言った。驚いたことに、誰も笑わなかった。彼は一同を素早く見た。誰も彼と目を合わせなかったが、伏せた瞼《まぶた》の下の目には、雨の日の午後、誰もいない家にあまりに長く放っておかれた子供たちのような、狡猾で放埓な光が宿っていた。


二時間ほどあと、サリーはジョアンナと一緒に寝泊まりしていた部屋のドアをノックした。ロビンが、間髪を入れずにドアを開けた。蒼白な顔をし、ギロリと凝視した。

「終わったの?」とサリーは囁いた。

彼はこくりと頷き、脇にどいて彼女を通した。彼女は彼の目を避けた。「お休みなさい」と言って、押しやるように彼を廊下に出した。彼はそこにじっと立って、彼女がドアを閉める時も、彼女を見つめていた。部屋の中では、ジョアンナが枕に顔を押し当てて、静かに啜り泣いていた。

「あらまあ」とサリーが言った。「したなんて言わないでね?」

ジョアンナは起き直った。「なら、あなたはしなかったのね？」

「ええ」

「ああ、よかった！」ジョアンナは、改めて滂沱《ぼうだ》の涙を流した。「あたしたちのどっちも、しなかった」

「なら、なんで泣いてるの？」

「思ったのよ、あなたとデズが……あなたが、あんまり長いこと帰ってこなかったから」

「あたしたち、あなたを待ってたのよ。デズは狂乱状態だった」

「可哀想なデズ！」

「あなたは、なんであの人に我慢できるのかしらね」

「ロブはひどかった」

「そう？」サリーは嬉しそうだった。

「ねえ、サル、あたしたちはどうしちゃったのかしら？　あたしたち、なんでこんな恐ろしいことを考えついたのかしら？」

「わからない」とサリーは言って、ベッドの中に入った。「たぶん、この場所のせいよ。蒸し暑くて、姦淫とかなんとか」

「あなたは、それは姦淫じゃないって言った」とジョアンナは鼻を鳴らした。

「今度は、もう少しでそうなるところだった」とサリーは言った。

ロビンが自分の部屋に戻ると、デズモンドが闇の中で煙草を吸っていた。ロビンは黙ってバスローブを脱ぎ、ベッドに入った。

「大丈夫かい？」とデズモンドは咳払いして言った。

「ああ」とロビンは答えた。「君は？」

「上々さ」。間《ま》があってから、彼は言い添えた。「そっちはうまくいったのかって意味だったんだけど？」

「ああ。君がそういう意味で訊いたと思ったよ」

「うん」

「君は『上々さ』って言った時、僕がそういう意味で訊いたと思ったのかい？」

「うん」

「僕はそう思ったのさ。そう意味で訊いたのさ」

「ああ」。デズモンドは煙草を灰皿に押しつけて消した。「なら、お休み」

「お休み」

二人は寝返りを打ち、それぞれの壁の方を向いた。すっかり目が冴えていて、嫉妬と憎悪にひどく苦しめられていた。

翌朝、デズモンドとロビンは敵意に満ちた沈黙の中で起き、服を着て髭を剃った。二人のどちらも、朝食に降りて行く前に、未開封の袋に入ったコンドームを、こっそりと捨てた。

朝食は緊張感に満ちていた。ジョアンナとサリーは、前夜、取り返しのつかないことは何も起こらなかったのをちゃんと知っているので、一切を軽く見ようという気になっていた。ジョアンナもサリーも、ロビンとデズモンドが互いに本当のことを打ち明けなかったとは夢にも思わなかったのだ。彼女たちにとっては、朝食の席での二人の男の振る舞いは、ただ単に不作法で潔《いさぎよ》くないものに思えた。だが、青年たちには、ジョアンナとサリーの軽薄な態度は、薄情で堕落したものに思えた。とうとう、ジョアンナがお気に入りのバイロンの詩句を楽しそうに引用すると、デズモンドはテーブル越しに身を乗り出し、音が響き渡るほど強く彼女にびんたを喰らわせた。不意に、食堂が静まり返った。一人の若い給仕は、皿をカタカタ言わせながら厨房に向かって逃げた。ジョアンナはしくしく泣き、紅潮した頰を撫でた。信じられないという色を浮かべた目に涙が溜まっていた。

「デズ!」とサリーは叫んだ。「なんてひどい真似をするの!」

「ジョー、君があんな詩でサリーをけしかけたんだ」とロビンは非難した。

ジョアンナは、よろよろと立ち上がった。サリーは、慌てて彼女を助けた。「あんたたちには、うんざり」と彼女はロビンとデズモンドに向かって語気鋭く小声で言った。「自分たちの何が問題か、知ってるでしょ？　二人ともインポなんで、女を殴って男だということを証明しようとしてるのよ」。インポ？　二人ともインポ？　デズモンドとロビンは互いに顔を見合わせ、突如、悟った。

「ジョー！」

「サル！　待ってくれ！」

デズモンドとロビンは立ち上がってジョアンナとサリーを追おうとしたが、口髭を生やした小柄なスペイン人があいだに立ち塞がり、胸を突き出した。女経営者が若い給仕を従えて勢いよく入ってきた。手にシチュー鍋を武器のように握り締めていた。ジョアンナとサリーは二階に姿を消した。デズモンドとロビンは、その場を立ち去ることにした。通りに出ると、例の二人のアメリカ人が、ポニーの曳く二輪の貸し軽馬車に乗って通りかかった。彼らはウィンクし、物問いたげに眉を上げた。一人は上腕二頭筋を摑み、前腕を曲げた。もう一人は人差し指と親指で輪を作った。

「くたばれ」とロビンは言った。

四人はすぐに仲直りし、誤解は解けた。休暇の最後の日であるその日の午後、彼らは以前のようにシエスタをした。デズモンドはジョアンナと、サリーはロビンと。三ヵ月後、デズモンドとジョアンナは、かなり急に結婚した。サリーが花嫁付添人になり、ロビンが花婿の介添人になった。数週間後、その役割は逆転した。

二組のカップルは、それからも一緒に夏の休暇を過ごした。それぞれ、ほぼ同年の三人の子供を持った彼らは、その取り決めがうまくいくのに気づいた。いまや、子供たち自身が成長し、三十歳以下の者のためのパッケージツアーで飛行機で出掛ける。その広告は、明らかに乱交を促すものだ。デズとロブ、ジョーとサリーについて言えば、四人とも中年の熱心なゴルファーになっている。そして夏の休暇を、スコットランドの東海岸のゴルフ場を探検して過ごす。そこでは、気候は概して「清々《すがすが》しい」と言われる。

オテル・デ・ブーブズ

Hotel des Boobs

「オテル・デ・松《パン》!」とハリーは言った。「オテル・デ・おちち《ブーブズ》の方が当たってるな」

「窓から離れなさいよ」とブレンダは言った。「覗き魔みたいな真似はやめて」

「どういう意味だい、覗き魔とは?」ハリーはそう言って、下にあるプールを、ホテルの寝室の窓の鎧戸の羽根板の隙間から、すぼめた目でなおも見ていた。「覗き魔っていうのは、他人のプライバシーを侵害する者のことさ」

「ここはプライベートなホテルよ」

「オテル・デ・おっぱい《ティッツ》。オテル・デ・ぱいぱい《ブリストルズ》。いやあ、悪くないなあ!」彼は振り返り、部屋の中に向かってニヤリと笑った。「オテル・デ・ブリストルズ。複数形さ。わかるかい?」

ブレンダは、それがわかったにせよ、一向に感心しなかった。ハリーは、依然として窓の外を見下ろしていた。「僕は誰のプライバシーも侵害しちゃいない。他人《ひと》におっぱいを見られたくないなら、隠したらいいじゃないか」

「なら、見に行ってらっしゃいよ。覗き見するのだけはやめて。プールのところまで降りて行って、たっぷり見たらいいわ」。ブレンダは憤然とした様子で、髪をぐいと梳《す》いた。

「視察してらっしゃいよ」

「君はトップレスにならなくちゃいけないんだぜ、ブレンダ、この休暇が終わるまでには」

ブレンダは、馬鹿にしたように鼻を鳴らした。

「いいじゃないか、恥ずかしがることなんて一つもない」。彼はまた振り返り、励ますかのように、妻に流し目をくれた。「君はまだ、いい胸をしてる」

「どうもありがとう」とブレンダは言った。「でも、いつものように隠しておくつもり」

「ローマではローマ人のするようにせよ、さ」とハリーは言った。

「でも、ここはローマじゃない、コートダジュールよ」

「コート・デ・ティッツ」とハリーは言った。「コート・デ・ぼいん《ノッカーズ》」

「あなたがそんなことばかり言うってわかってたら」とブレンダは言った。「ここには絶対来なかったでしょうよ」

何年ものあいだハリーとブレンダは、毎年夏になると、ブレンダの両親が住んでいる英国海峡の島、ガーンジーに家族連れで行って休暇を過ごしていた。しかし、今では子供たちは大きくなり自分のことは自分でできるので、ハリーとブレンダは、今年はいつもと違うところに行くことに決めた。ブレンダは、かねがね南フランスが見たいと思っていた。そして二人は、自分たちにもたまには命の洗濯をする資格があると感じた。また、ブレンダが最近、放送大学を卒業して専任の教師になったので、今では二人はかなり楽な暮らしをしていた。バーナード鋳物工場の管理職用食堂で、同僚が、ベニドルムやらパルマやら、コスタなんとかかんとかやらの優劣について侃々諤々《かんかんがくがく》の議論をしていた時に、ハリーが、今年の夏の行き先を口にすると、一同は陽気にざわめいた。

「フレンチ・リヴィエラだって、ハリー?」

「そうなんだ、サン・ラファエル近くのこぢんまりしたホテルさ。ブレンダが本で見つけたんだ」

「俺たちも出世したもんだなあ」

「うん、確かに高い。でも、僕らは考えたのさ、まあ、たまには贅沢をしたっていいじゃないか、贅沢が楽しめるくらい若いうちに、ってね」

「例のトップレスの女の子を眺めて楽しむって訳だ」

「へえ、そうなのかい?」とハリーは言ったが、芯からうぶなふりをしているという訳でもなかった。地中海のある地方では、若い女が海岸でトップレスで日光浴をすることを、話としてはもちろん知っていたし、秘書の買う日刊紙でその写真を見たこともある。また、そうした類いの写真を見ようと、秘書の新聞をよくくすねた。しかし、現実に目の当たりにした光景は、衝撃的だった。衝撃的だったのは、海辺で、誰ともわからない猥雑な女たちが乳房を露《あらわ》にすることより、ホテルのプールの周辺で、もっと個人的で、社会的に複雑な形でヌードになるということだった。プールが海辺と違っていて、かつ海辺の光景よりも心を乱したのは、日がな一日プールの縁《へり》に半裸で横たわっている女たちが、晩には、一点の非の打ち所もない服装をし、ロビーで淑《しと》やかに頷いたり微笑んだりし、バーで天気について雑談を交わす女たちだということだった。そしてブレンダが、内陸に数マイル入ったところにある木陰のプールの方が、暑くて、ぎらぎらと日が照りつける、人でごった返している海辺（おそらく海水が汚染されているのは言わずもがな）より遥かに好ましいと思ったので、ハリーにとってはプールが、これまで知らなかった〝乳房の礼儀作法〟の手ほどきを受ける、主な場所になった。

ハリーは、かねてから女の乳房が大好きだった。そして、そのことを認めるのにやぶさかではなかった。女の脚や尻に魅せられる男もいるが、以前からハリーは、バーナード鋳物工場の男たちが、おっぱい好きと呼んでいる人間の一人だった。「あなたは乳離れが早過ぎたのよ」とブレンダは、よく言った。それは、ハリーが悦に入ったように、ニヤリとして受け入れた診断だった。いつも彼は、視界に入ってくる性的に興味をそそるすべての女のバストをちらりと見やり（それは単純な反射作用だ）、その女のセーターやブラウスやブラジャーの下に隠されているものの形について、あれこれと想像を逞しくして、多くの無為の時を過ごした。そして、プロヴァンスの太陽のもとで、その罪のない気晴らしが完全に余計なものになってしまったのに気づいて、控え目な言い方だが、狼狽した。彼は、オテル・デ・パンに泊まっている女たちの容姿の品定めを始めるや否や、好奇心がすっかり満たされてしまったのだ。実際の話、彼はほとんどの場合、いわば社交の場で会う前に、半裸の彼女たちを目にしていた。例えば、尊大《スヌーティー》なイギリス女。彼女は双子の少年の母親であり、いつも決まって一日遅れの『フィナンシャル・タイムズ』を手にして乙に澄ました微笑を浮かべている太っちょの株式仲買人の妻だ。あるいは、宗教的なまでの熱心さで太陽を崇拝しているドイツ人夫妻の妻の方。その夫婦は、厳密な時間割に従い、かつクオーツのアラーム時計の助けを借り、体の向きを変えたり、サンタンローションを体に擦り込んだりする。あるいは、濃く日焼けした、年輩のブルネットの女。ハリーはその女を、カルメン・ミランダ（一九五五年に没したポルトガル生まれのブラジル人サンバ歌手）と、密かに名付けた。なぜなら彼女は、ウェイターのアントワーヌがしょっちゅう持ってくるコードレス電話に向かって、盛んに早口のスペイン語（ひょっとしたらポルトガル語かもしれない）で話すからだ。

　ミセス・スヌーティーは、横たわっている時は、乳房はないにひとしかった。乳房は少年の胸筋を思わせる詰め物に過ぎず、それには、上を向いた小さくて滑稽な乳首がついていて、その乳首は、彼女が立ち上がって動き回ると、二匹の小さい齧歯《げっし》動物の鼻よろしく、ぴくぴくと震えた。ドイツ女の乳房は完璧な円錐形で、まるで旋盤にかけられたかのように滑らかで固そうだ。どんな姿勢をとっても、その形は絶対に変わらないように見える。一方、カルメン・ミランダの乳房は、粘《ねば》っこい液体の詰まった二つの茶色のサテンの袋に似ていて、その液体は、どこか遠くにいる恋人からの次の電話を待ちながら、彼女がマットレスの上でそわそわと体をあちこちに捻《ひね》ると、胸郭の上で絶え間なく満ちたり引いたりする。そして今朝は、ハリーがこれまで見たことのない二人の十代の少女が下のプールのところにいて、並んで横になっていた。一人は緑のビキニパンツを穿き、もう一人は黄色のビキニパンツを穿いていた。二人は、スコーンがふっくらと焼き上がるのを眺めている主婦が覚える穏やかな満足感をもって、最近獲得した乳房――ゼリーのように滑らかで完全無欠の半球――を眺めていた。

「今日は新入りが二人いる」とハリーは言った。「あるいは、四つ、と言うべきかな」

「下に行く?」とブレンダは、ドアのところで訊いた。「それとも、午前中一杯、鎧戸の隙間から覗いて過ごすつもり?」

「行くよ。僕の本はどこだい?」彼は、自分が持ってきたジャック・ヒギンズのペーパーバックはどこかと、部屋を見回した。

「あんまり進んでないわね?」とブレンダは皮肉っぽく言った。「体裁上、本の栞《しおり》の位置を毎日変えた方がいいと思うわ」

本というのは、確かに、プールのところでそっとおっぱいを観察するには必須のものだ。

頁の上端から覗くこともできるし、頁の脇から覗くこともできる。また、数ヤード先で若い女が肩から服をするりと脱いだり、ごろりと仰向けになったりした、まさにその瞬間に、不意に物音がしたとか、不意に何かが動いたとかで気が散ったかのように、絶妙のタイミングで頁から顔を上げることができる。もう一つ欠くことのできないアイテムは、サングラスだ。視線の実際の方向を隠すには、できるだけ濃い色のレンズのものがいい。ハリーは、トップレスの女たちの近くにいる時には、それなりの礼儀作法があるのに気づいていた。女の露な胸に男がしばらくのあいだじっと視線を注いだり、さらには、目を休ませたりするのさえ無礼な真似だろう。なぜなら、そういう真似は、トップレスでいることの基本原則を犯すからだ。すなわち、トップレスでいることは別に注目すべきことではなく、それはこの世で、最も自然で平凡なことだからだ。(アントワーヌは、トップレスの女の泊まり客に冷たい飲み物を出したり昼食の注文を受けたりする技に、とりわけ熟達している。つまり彼は、俯《うつぶ》せの女たちの上にぐっと屈《かが》み込むが、女たちが裸であることにまったく気づいていないように見えるのだ。)しかし、その原則は、もう一つの原則と矛盾している。もう一つの原則とは、トップレスはプールかその周辺に限られる、というものだ。女たちはテラスに移動するかホテルの中に入るかするや否や、上半身を覆う。露なおっぱいは、場所次第で恣意《しい》的にエロティックな価値を増したり減じたりするのだろうか? 誰にも見られない寝室の中で恋人や夫にしげしげと眺められ、愛撫され、鼻を擦《こす》りつけられる乳房は、プールのコンクリートの縁では、面白くもなんともないもの、肘か膝がしらと同じくらい無味乾燥な単なる解剖学的突起になるのだろうか？　そんなことはない。そんな考えは馬鹿げている。ハリーは、次のことには、ほとんど疑念を抱いていなかった。このホテルにいる男は、アントワーヌを含めて全員、自分と同じように、女の大方のトップレス姿から相当の愉しみと刺激を得ていて、女自身、そのことに気づいていないということはあり得ない。女のトップレス姿を目にしても男は興奮した様子を見せてはならないということを承知のうえで女が肌を露出するのは、おそらく、女にとって刺激的なことなのではないか、また、女の夫も、女を独占している男として、女の覚えるその刺激を共有しているのかもしれない、とハリーは推測した。とりわけ自分の妻が、他人の妻よりもいい体をしている場合は。ほかの男が自分の妻のおっぱいを嘆賞するように、羨ましそうにちらりちらりと見ているのに気づき、密かに、こう考える。「ああ、いいとも、あんた、あんまり露骨にならない限りは、そうやって見ていてもいいさ、だけど、それに触るのを許されてるのは、僕だけなんだぜ、わかるね？」それは、ひどく刺激的なことだろう。

プールサイドでブレンダの隣に横たわり、暑さと、そうした複雑な問題やパラドックスを考えていたせいで頭がぼうっとしていたハリーは、突如、変態的な欲望の矢に刺し貫かれた——ほかの男の目を通して妻の裸体を見、妻に対する肉欲に燃える。彼は、ごろりと俯せになり、口をブレンダの耳元に寄せた。

「君がそのトップを脱げば」と彼は囁いた。「僕らがサン・ラファエルで見た、あのドレスを買ってやろう。千二百フランはするやつさ」

作者がここまでストーリーを書き進めた時、突如、一陣の強風が吹いてきた。作者は、ホテルのプールを見下ろすテラスにある、パラソルで陽《ひ》を遮ったテーブルに坐り、いつもの通り、罫の引いてあるフールスキャップ判の紙に万年筆で書いていた。そして、やはりいつもの通り、何枚もの書き損じの原稿と書き直した原稿が溜まっていた。風はホテルの敷地の松の木を揺すってざわめかせ、プールの水面に漣《さざなみ》を立て、いくつかのパラソルを倒し、作者の原稿を空中に巻き上げた。何枚かの原稿は、テラスやプールの近くや、プールの中にふわふわと戻ってきたが、大半は、吹いてくる熱風によって、驚くべき速度で、木々を越えて空中高く吸い込まれた。作者は、よろよろと立ち上がり、紺碧の空の中、白いフールスキャップ判の紙が、糸の切れた凧よろしく陽光の中をくるくる回りながらどんどん高く舞い上がって行く様《さま》を、信じられない思いで呆然と見やった。神か悪魔が訪れたかのようだ。聖霊降臨の反対だ。言葉が授けられるのではなく、引き離されるのだ。作者は、掠奪されたような気がした。プールの周りで日光浴をしていた女の泊まり客も作者と同じ気分になったかのように、立ち上がりながら剝き出しの乳房を覆い、渦巻きながら彼方に飛んでゆく原稿を、じっと見つめた。いくつかの顔が作者の方に向けられた。それらの顔には、人の不幸を喜ぶ気持ち《シャーデンフロイデ》の混ざった同情の微笑が浮かんでいた。イギリス人の双子は、母親に鋭い声で命じられ、プールの縁をちょこちょこ走り回って何枚かのばらばらの原稿を拾い集め、持ち主のところに、犬のようにいそいそと持ってきた。風が吹いた時にプールの中にいた例のドイツ人は、滲んだ字で覆われた手書きの原稿を二枚、人差し指と親指でつまみながらプールから出てきて、それを乾かそうと、作者のテーブルにそっと置いた。ウェイターのピエールは、別の一枚の原稿をトレーに載せて持ってきた。

「ちょっとした北西風です《セ・ル・プティ・ミストラル》」と彼は、さも同情するように顰《しか》め っ面をしながら言った。

「残念無念《ケル・ドマージュ》!」作者は、風に運ばれてゆく原稿に目を向けたまま、みんなに機械的に礼を言った。いまや原稿は、遥か彼方の単なる点になり、ゆっくりと松林の中に落ちて行った。

ホテルの周囲では、風がすっかり凪いだ。泊まり客は、ゆっくりと自分たちのラウンジチェアやマットレスに戻った。女たちは、またそっと乳房を露にし、アンブル・ソレールを塗り直し、理想的に日焼けするという仕事を続けた。

「サイモン! ジャスパー!」と、イギリス女が言った。「林の中に入って、この方の書類がもっと見つかるかどうか捜したらどう?」

「いや、いいんです」と作者は急いで言った。「どうかお構いなく。もう何マイルも向こうに飛んで行ってしまったのは確かですよ。それに、あれは大して重要なものじゃない」

「いいんですのよ」とイギリス女は言った。「子供たちは面白がるでしょうよ」

「宝探しみたいなものさ」と夫が言った。「あるいは、そう、兎狩りごっこ《ペーパーチェイス》（兎になって紙片を撒きながら逃げる二人の子供を、猟犬役の子供が追い駆けるクロスカントリー・ゲーム）」。彼はそう冗談を飛ばして、クスクス笑った。少年たちは言われた通り、小走りに林の中に入って行った。作者はホテルの自分の部屋に戻り、妻がサン・ラファエルから帰ってくるのを待った。妻は、そんな騒ぎがあったことなど、まったく知らなかった。

「とっても素敵な可愛いドレスを買ったわ」と妻は部屋に入りながら言った。「いくらだったかなんて訊かないでね」

「千二百フランかい?」

「まさか、そんなにはしないわ。七百五十フラン、本当を言うと。どうしたの、様子が変ね?」

「僕らは、このホテルを出なくちゃいけないんだ」

作者は、事の次第を話した。

「わたしなら気にしないわ」と妻は言った。「あの子たち、もう原稿を見つけはしないわよ」

「いやあ、見つけるとも。あの子たちにとっては、一種の挑戦なんだ、エディンバラ公賞（スポーツ、趣味の面で活躍した若者に与えられる賞）みたいに。あの子たちは、松林を何マイルも虱潰《しらみつぶ》しに捜すだろうよ。そうして、一枚でも見つけたら読むに決まってる」

「理解できっこないわよ」

「両親は理解できる。自分の乳首が小さな齧歯動物の鼻に譬《たと》えられてる件《くだり》をミセス・スヌーティーが見つけるところを想像してみ給え」

作者の妻は、咳き込むように笑った。「あなたは馬鹿よ」

「僕が悪いんじゃない」と作者は抗弁した。「どこからともなく風が吹いてきたんだ」

「神の御業《みわざ》、つまり不可抗力ってわけ？」

「まさに然りさ」

「なら、神がそのストーリーを善《よ》しとしなかったんだと思うわ。わたしも、あんまり気に入らなかった。どんなふうに終わるはずだったの？」

作者の妻は、作者が書いたところまでは、そのストーリーをよく知っていた。というのも、前の晩、作者がベッドで妻に読んでやったからだ。

「ブレンダは夫に買収されてトップレスになるのに同意する」

「ブレンダは、そうはしないと思うわ」

「でも、そうするのさ。そうしてハリーは有頂天になる。彼は、自分とブレンダがついに一切の規範から解放され、訳知りの通人の仲間入りをしたと感じる。彼は、バーナード鋳物工場に戻って同僚たちにその話をして、みんなを猥《みだ》らな気持ちにさせ、羨望の念を起こさせるところを想像する。彼は勃起しっぱなしなんで、一日中、腹這いになっていなければならない」

「あら、あら！」と妻は言った。「なんて下品なの」

「その夜、彼はベッドに行くのが待ち切れない。でも、いざ寝る段になると、二人は別れ別れになる。その理由は、まだ考え出してないんだ。で、ハリーが先に部屋に行く。妻は、すぐには来ない。そこでハリーは寝る支度をして横になり、眠ってしまう。二時間後に目を覚ますと、ブレンダがまだ戻ってきていないことに気づく。不安になって、ガウンを羽織りスリッパを履いて彼女を捜しに行こうとする。と、ちょうどその時、彼女が部屋に入ってくる。一体、どこにいたんだ？と彼は言う。彼女は顔に奇妙な表情を浮かべていて、部屋にある冷蔵庫のところに行き、夫に話をする前に、一瓶のペリエ水を飲む。階下《した》でアントワーヌに呼び止められて花束を貰った、と彼女は言う。毎週、ホテルの男性従業員が、女の泊まり客の中で誰が一番恰好のいい乳房をしているのかの投票をするらしいのだ。そうして今週は、ブレンダが一位に選ばれたのだ。花束は、彼らの賞讃と敬意の印という訳だ。彼女は、その花束をアントワーヌの部屋に置いてきてしまったんで、悩んでいる」

「アントワーヌの部屋？」

「そうなのさ。彼は、自分の部屋をちょっと見てくれと言って、まんまと彼女を連れ込んだんだ。林の中にある小さな山小屋《シャレー》さ。そうして、彼女に酒を飲ませた。事は、それからそれへと発展し、やがて彼女は彼と寝ることになる」

「あり得ないことね」

「そうとは限らない。おおやけの場でブラジャーを外すという行為が、ブレンダの中に眠っていた、それまでハリーの知らなかった浮気心を目覚めさせたのさ。とにかく、彼女はかなり酔っていて、すっかり羞恥心がなくなってるんだ。そうして、アントワーヌが恋人としていかに手練《てだ》れであるかを赤裸々に証言して夫を嘲り、アントワーヌの一物《いちもつ》が、ハリーのそれより遥かに立派だと言う」

「ますますひどくなるわね」と作者の妻は言った。

「まさにその時、ハリーは彼女にびんたを喰らわす」

「あら、いいわ。大いにいいことよ」

「ブレンダは服を半分脱ぎ、這うようにしてベッドの中に入る。二時間ほど経って彼女は目を覚ます。ハリーは窓辺に立ち、誰もいないプールを見下ろしている。プールは、月光のもとで蒼白い。ブレンダはベッドから出て夫のそばに行き、夫の腕に優しく触る。ベッドに来なさいよ、と彼女は言う。本当のことじゃなかったのよ、さっき話したことは。彼は、ゆっくりと顔を彼女の方に向ける。本当のことじゃなかったって？　そうなの、わたしがでっち上げたのよ。わたしはワインを一瓶持って、車の中に二時間坐ってたの、そうして、あの話をでっち上げた。なぜさ？　と彼は言う。なぜかしらね、と彼女は答える。

あなたを懲らしめるため、だと思う。あなたにうんざりしてたのよ。でも、そんなことはしてはいけなかったんだわ。さあ、ベッドに来なさいよ。しかしハリーは首を横に振っただけで、また窓の外をじっと眺める。君は大きさは重要じゃないって、いつも言ってたじゃないか、と彼は言う。ええ、わたしには重要じゃない、と彼女は言う。言ったでしょ、全部作り話なんだって。ハリーは信じられないというように首を横に振り、下を凝視する、いまや女の乳房などない、プールの青い縁を。ストーリーは、そんな具合に終わるのさ。『いまや女の乳房などない、プールの青い縁を』って文句で」

そう言いながら作者自身、窓辺に立ち、ホテルのプールを見下ろした。プールには、泊まり客は一人もいない。夕食をとるために着替えに行ったのだ。ピエールだけがパラソルとテーブルのあいだを歩き回り、置きっぱなしのバスタオルと汚れたティートレーを集めていた。

「ふーん」と作者の妻は言った。

「あのね、女の乳房に対するハリーの病的な執着は」と作者は言った。「自分自身の肉体に対する不安の置き換えなのさ。彼はその不安から自由になることは決してないだろうよ」

「ええ、それはわかるわ。わたしは、それほど愚鈍じゃないのよ」。作者の妻も窓辺に来て、下を見た。「可哀想なピエール」と彼女は言った。「あの人は、わたしにであれ、ほかの女にであれ、言い寄ろうなどとは夢にも思わないでしょうよ。あの人は、間違いなくゲイだもの」

「幸い」と作者は言った。「風で原稿がこの田園地帯のそこら中に吹き飛ばされた時、そこまでストーリーを書いてなかったのさ。でも君は、ミシュランを出して、ほかのホテルを見つけた方がいい。ここにこのまま泊まっているなんて、考えただけでもたまらない。泊まり客の誰かが林の中に散歩に行って、僕にとって都合の悪いフィクションの一部を手に戻ってくるかもしれないと、しょっちゅうびくびくしてるなんてご免だ。えらいことになったなあ」

「あのね」と作者の妻は言った。「実際、そのことを書いた方が、いいストーリーになるわ」

「そうだな」と作者は言った。「そいつを書くとするか。そうして、それに『おっぱいで失敗』って題を付ける」

「駄目、『オテル・デ・ブーブズ』って題にしなさいよ」と作者の妻は言った。「女の泊まり客のおちち《ブーブズ》と、あなたの手落ち《ブーブズ》」

「で、君のおちち《ブーブズ》については？」

「それについては書かないでね、お願い」

その夜、ずっとあとで、二人がベッドの中でまさに眠りに落ちようとした時、作者の妻が言った。

「あなたはわたしがトップレスになるのを本気で望んでる訳じゃないんでしょ?」

「ないとも、もちろん」と作者は言った。しかしその口調は、自分ですっかり信じているようなものでも、人に信じさせるようなものでもなかった。

田園交響曲

Pastoral

ダーダーダー、ダーダーダーダー、ダ、ダ、ダ……わたしはベートーヴェンの田園交響曲の「牧人の歌」の冒頭のメロディーを聞くと、必ず、聖母マリアを抱こうとした自分の悪巧《わるだく》みを思い出さずにはいられない。つまり、あの時、聖母マリア役をやっていたディンプナ・キャシディーを。時は一九五〇年代初頭のクリスマス時期で、わたしは南ロンドンの〈絶え間なき援助者聖母マリア教会〉のユースクラブのために、キリスト降誕劇をプロデュースしていた。プロデュースと言ったが、それは、脚本を書き、演出し、配役を決め、自ら出演し、舞台装置をデザインし、当然ながら、劇のための音楽を選んだ、という意味だ。わたしがしなかったのは、衣裳を縫うことだけだ。その仕事は、忠実な母親と、憤慨している姉妹に押しつけた。

そう書くと、わたしはすでに熱烈な演劇少年だったように思われるに違いないが、実際には、その計画に取り組んだ時は、そうではなかった。わたしはセント・アロイシアス・カトリック・グラマー・スクールの第六学年生（Aレベル試験を目指す十六歳から十八歳までの学生）で、英文学、フランス語、ラテン語、経済学を勉強していて、大学で法律を専攻するつもりだった。法廷弁護士になる野心を抱いていたのだ（その考えは、事務弁護士の主任書記で、わたしが法曹界のスターになることを熱望していた父に植え付けられたものだ）。わたしは自分が、スカンソープ（イングランド北東部の人口約六万五千の鉄鋼業の町）からシドニーまでの至る所で上演するミュージカルの舞台監督で終わるとは夢にも思っていなかった――もっぱら、『オクラホマ！』とか『王様と私』のような昔懐かしい作品を巡回上演している。数年前に、新しいミュージカルをウェストエンドで上演したことはしたが、おそらく、あなた方は聞いたこともないだろう。三週間で打ち切りになった。それでも、わたしは自分の新しい企画に非常に期待している。それは『クレオ！』という題の、『アントニーとクレオパトラ』のミュージカル版だ。脚本は自分で書いた。

話が脇道に逸れた。キリスト降誕劇に戻ろう。それは、『クリスマス物語』という、少々散文的な題だった。わたしは『子宮の果実』という題にしたかったのだが、教区司祭のスタニスラウス・リンチ神父が認めてくれなかった――それは、その劇を巡ってわたしたちがした数多くの闘いの最初のものだった。彼は、わたしの付けた題は猥褻だと言った。それは天使祝詞からの引用だと、わたしは指摘した。「そして、汝の子宮の果実、イエズスも祝せられ給う」。神父は、全文からそこだけ取り出すと、違った意味合いを帯びてくる、と言った。わたしは言った。「つまり、あなたはこう言ってるんですね。全文の中では、その言葉はなんの意味合いも持っていない、なぜなら、カトリック教徒は、自分たちが唱えていることになんの注意も払わず、ただ漫然と祈りを上げているのだ、と。僕の劇は、彼らにショックを与えて無感動状態から目覚めさせ、クリスマスとはそもそもなんなのかについて、改めて意識させるのを意図してるんです――受肉について」。わたしは雄弁で思い上がった若者だった――少なくとも知的議論においては。人生のほかの領域、例えば女の子に関しては、さほど自信がなかった。

しかしスタン神父（わたしたちは、彼をそう呼んでいた）は答えた。「それは大いに結構だが、それを告知するポスターを貼ることになる。わたしの教会の玄関に『子宮』という言葉を貼る訳にはいかない。カトリック母親連盟が嫌がる」。家に帰ってわたしは、この俗物的な教会の検閲の例に、激しく嚙みついた。するとわたしの姉妹の一人が、『子宮の果実《フルーツ・オブ・ザ・ウーム》』は『フルーツ・オブ・ザ・ルーム』を思い出させると言った。それは当時、木綿の下着の有名な商標だった。わたしは、それ以上抵抗せず、その題を諦めることにした。

ダーダーダー、ダーダーダー……『クリスマス物語』には、ほかの音楽もあった。それは、幕の後ろで舞台装置が変えられているあいだに流されるもので、次の場面の雰囲気を出すものだった。わたしは受胎告知にはグノーの『アヴェ・マリア』を選び、三人の王にはリムスキー＝コルサコフの『シェエラザード』のテーマ、エジプトへの逃避には『ワルキューレの騎行』を選んだ。わたしの父は78回転のクラシックのレコードのまずまずのコレクションを持っていて、家のラジオ付きレコードプレーヤーで、わたしにかけさせてくれた。それは、表側の居間の出窓に置いてある、クルミ材の合板で出来た馬鹿でかいものだった。しかし、あの劇とディンプナ・キャシディーの思い出を蘇らせるのは、「牧人の歌」、何をおいても「牧人の歌」だった。もちろん、わたしはベツレヘムの牧人が幼子イエスを敬いに来る場面を予告するためにその曲を選んだのだが、リハーサルをしているうちに、劇のほかの箇所にも使うようになった。

それはすべて、十一月初めのある日曜日の晩、ユースクラブのダンスパーティーで始まった。スタン神父とわたしは、ダンスフロアー（教区ホール（通常、教会の近くにある小さいホール）の埃っぽい、方々裂けている床板をご大層にそう呼んでよければ）の端で、一対の折り畳み椅子に坐り、幾組かのカップルが、ポータブルのレコードプレーヤーから流れてくる、ナット・キング・コールが呻くように歌う『トゥー・ヤング』に合わせて摺《す》り足で踊っているのを見ていた。

わたしがなぜ坐っていたかと言うと、ダンスはしないしできないのだが、ダンスはしたくないというふりをしていたからだ。わたしが壁の花だったのは、実のところ、ダンスを習っているあいだ自分が間抜けに見えるのが嫌だったからだ。わたしは、ユースクラブ委員会幹事なのを口実に、こうした催しに参加した。ディンプナ・キャシディーが見たいという密かな欲求に駆られて。しかし、彼女がほかの若者の腕の中で揺れているのを見るのは、ひどく苦しい拷問だった。幸い、クラブの少年の大方はわたし同様恥ずかしがり屋で、少女たちは、多くの時間、女同士で踊らざるを得なかった。その晩、ディンプナが友人のポーリンと、甘ったるい『トゥー・ヤング』のメロディーに合わせて踊っていたように。そして、彼女が男性のパートナーと踊ることになった時でさえ、クラブの「儀礼」は、踊っているカップルが体を密着させるのを禁じていた。だから、スタン神父がそこにいたのだ。お互いが常に見えるくらいの照明かどうかを確かめるために。

僕らは若過ぎると、みんなが言う、
本当に恋に落ちるには……

わたしがディンプナ・キャシディーに恋していたという訳ではない。それが問題だった。彼女は美しく、豊満で、目は翡翠色で、髪は銅色だった。社交的催しの際には洗い立てのその髪は、自然な巻き毛がかすかに光る靄《もや》になって頭を囲んでいた。肌は輝くような半透明の白で、見事な雪花石膏《アラバスター》の彫像の表面に似ていた。下唇は、ほんの少しふっくらと突き出ていた。微笑むと二つの靨《ディンプル》が頰に出来たが、わたしはそれを彼女の名前、ファースト・ネームと結びつけた。キャシディーという名は詩的な響きに少々欠けていたが、ディンプナは――それは彼女の靨《えくぼ》を物語っていただけではなく、彼女の全身を物語っていた。シラブルは柔らかくしなやかで、圧縮空気を含んだような特質を持っていた。彼女を強く抱擁すれば、その体もそういう特質を持っているだろうと、わたしが想像したような。わたしは、なんと彼女を抱擁したかったことか！　あの豊満な体をクッションのように胸に抱き締め、千もの映画のラブシーンで見たような仕方で、彼女のふっくらした完璧な口に唇を押しつけることをどれだけ切望したことか。しかしわたしは、ディンプナ・キャシディーを愛してはいなかった。また、愛しているというふりをするつもりもなかった。だが、あの時代と場所では、彼女のような少女にキスする唯一の手段は、彼女と恋に落ちるか、恋に落ちたふりをするかだった。つまり、自分は彼女のステディーなボーイフレンドであるとおおやけに宣言しなければならなかったろう。

　ここで、いささか恥ずべき告白をしなければならない。わたしは、もしディンプナ・キャシディーに求愛すれば、自分を低めることになるだろうと思ったのだ。それは単に、彼女が町の貧しい地区に住んでいたからではなかった（事実、住んではいたが）。彼女の大人数の、やや野放図な家族は、公営団地の共同住宅に住んでいたが、わたしたち一家は自分たちの家を持っていた。それは、正面玄関まで一続きの階段のある、堂々としたヴィクトリア朝の集合住宅《テラスハウス》の一軒だった。また、彼女が時折ロンドン訛りで話し、「バター」と

「ベター」の真ん中の子音を省く傾向があったからではなかった。わたしは、もしディンプナ・キャシディーが、その体の魅力に釣り合うだけの頭の中身を持っていたなら、そうしたハンディキャップも受け入れることができただろう。しかし、彼女の頭は空っぽだった。いくつかのポピュラー・ソング、映画スターの名前、最新のファッション情報、教師たちのエピソード以外、何も入っていなかった。彼女は、わたしが優秀な成績を収めたイレブン・プラス試験（十一歳で受ける、中等学校に進学するための試験。現在は廃止）に落ちたので実業学校に入り、商業コースと呼ばれるものにいた。彼女は速記タイピストになる訓練を受けていた。彼女自身は、婦人服店の店員になりたがっていたが。わたしがそういうことを知っているのは、彼女と喋る機会があったからだ——日曜日のミサのあと教会を出た時や、晩のユースクラブの集まりのあと教区ホールを掃除している時や、ユースクラブが時折催すケント州の田園の散策の際に。わたしは、ディンプナがわたしに関心を持っているのがわかった。わたしが学校の制服を脱いだ時に培った、やや気障《きざ》な態度、長い髪、緑のコーデュロイの上着、辛子色のチョッキに興味をそそられ、惹かれたのだ。わたしは、彼女が教区に大勢の崇拝者を持っているのに、ほかのどんな少年にも特別な感情を抱いていないのを知っていた。もし、こっちから働きかけさえすれば、彼女が応じるのは確かだと、わたしは感じた。

　しかし、わたしは尻込みした。自分の将来の計画ははっきりと決まっていて、ディンプナ・キャシディーは、それにはまったく入っていなかった。勉学、試験、優等の成績、賞。

何年も刻苦勉励し、最後は法曹界で傑出した人物になって報われる。ディンプナのような人間は、わたしとはまったく違った人生観を持っていた。できるだけ早く義務教育を終え、いかに単調で平凡であれ、ともかく仕事に就き、余暇とレクリエーションのために、ダンス、買い物、映画鑑賞、「楽しく過ごすこと」のために生きていた。無考えで浅薄な快楽に青春を浪費し、やがて、両親そっくりの退屈で家畜化した大人になり、乏しい収入で家族を養うのに悪戦苦闘する。ディンプナと一緒になれば、その深淵に引きずり込まれるのは自明だった。一回のキスでそうなる、一回のキスで、自分は早過ぎる軽はずみな結婚に至る道を辿る、とわたしが思っていたのは確かだ。そして、結婚生活はディンプナ・キャシディーに優しくはないだろう。彼女の母親を見れば、二十年後、彼女がどんな容姿になるかがわかった。垂れ下がった乳房、出産で太くなった腰回り、奥歯がなくなって窪んだ頰。ディンプナは、今のような美しさには二度と戻れないだろう。わたしは、彼女が商店のショーウィンドーで見た靴についてくだらないお喋りをしながら、フォックストロットでポーリンをリードしている姿を見ながら、暗い気分で自分にそう言い聞かせた。靴の話題は、そのダンスが続いているあいだ、二人の関心を占めているようだった。二人は、回転しながらわたしとスタン神父の前を過ぎた時も、依然としてそのことを話していた。

「幼児学校（四歳から七歳までの児童の公立学校）で教えているヌーナン夫人を知っているね」と彼は出し抜けに言った。知っていると、わたしは答えた。彼女は十年前、わたしを教えてくれたのだ。

「で、君は知ってるだろうが、彼女は子供と一緒に毎年、キリスト降誕劇を上演してるんだ。ところが、彼女は手術のために、来週入院しなくちゃいけない。そうして、一月まで病後療養休暇を取るんだ。で、考えるんだが、今年、ユースクラブがその仕事を引き受けたらいいんじゃないかな。キリスト降誕劇を、という意味だ。一度くらいは、もうちょっと……大人っぽいものをやるのも悪くないんじゃないかな。教区の若者が関われるような。君は何か手配できると思うかい、サイモン?」

「わかりました」

「それは素晴らしい」とスタン神父は、わたしが即座に引き受けたことにやや驚きながら言った。「暇があるのは確かかね? 君がセント・アロイシアスで猛勉強してるのを知ってるんだ」

「なんとかやります、神父さん。任せて下さい」

「そうか、ありがたい。カトリック真理協会が適切なものを出してるかどうか、調べてみよう。ヌーナン夫人が使ってるものがふさわしいとは思えない」

「劇は自分で書きます」

彼がキリスト降誕劇のことを口にした途端、一つの情景《タブロー》が頭に浮かんだ。ディンプナ・キャシディーが聖母で、驚くほど美しく、銅色の繊細な髪がフットライトを浴びて後光のように輝いている。わたしは聖ヨセフで、腕を彼女の肩に回して、さらには腰にさえ回して彼女を支えながらベツレヘムへの道を往《ゆ》く。わたしは、なんの道義的、情緒的義務も負わされることなく、ディンプナ・キャシディーと密接な肉体的接触ができる完璧な口実を見つけたのだ。

「君は上演前に脚本をわたしに見せなくちゃいけない、異端的なところがないかどうか確かめるために」とスタン神父は、ニコチンで変色した不揃いの歯を剝き出して、狼のようにニヤリとした。

まさかと思うだろうが、わたしは二回の週末を使って劇を書き上げた。オーディションはしないことにした。一つには時間がなかったし、一つには誰もオーディションにやっては来ないだろうからだ。わたしたちの〈絶え間なき援助者聖母マリア教会〉のユースクラブには、演劇の伝統はなかった。わたしは最も有望そうなクラブのメンバーを選んで配役を決めた。台詞を読んでみてくれと頼みもせずに、業界用語を使えば、役をオファーした。当然ながら、わたしは最初にディンプナ・キャシディーに話を持って行った。聖母を演じてもらいたいと言うと、彼女は嬉しさでピンクになったが、首を横に振って下唇を嚙み、これまで演技など一度もしたことがないと言った。心配することはない、とわたしは言った。自分は学校劇で演じた経験が少しあるので、助けてやると言った。わたしは、家の表側の居間で、ラジオ付きレコードプレーヤーで適切な背景音楽をかけながら、親しく演技指導をするのを期待した。ダーダーダー、ダーダーダー……わたしは、すでにその音楽が念頭にあったのだろうか？

わたしは脚本をスタン神父に見せるのを遅らせた。わたしたちはリハーサルのあいだに絶えず脚本を書き直しているという理由で。だが、やがて彼は疑念を抱き、キャストの一人から脚本を借りた。大騒動になった。彼はある日の夕方、わたしの家にやってきた。幸い、両親は外出していた。彼は丸めた脚本をバトンのように握り締めていた。そして、わたしの顔の前で激しく振った。「この汚らしい物の意味はなんなんだ？　一点の穢れもない聖母マリアを汚すとは、どういうつもりなんだ？」

わたしは、彼が第一幕、第一場の終わりのト書きを指しているのを、すぐに覚《さと》った。

「ヨセフとマリア、抱き合う」

確かに、この場面の聖書の典拠はあまりなかった。それは、ヨセフと婚約していて、自分が「神の母」つまり聖母マリアになるということを知らなかった時のマリアの人生を喚起しようとする、想像力を働かせての試みだった。わたしは自分の劇で、同時代のスタイルを狙っていたのだ――十年後に「レリヴァンス」（今日の重大な社会問題との関連）と呼ばれるようになったものを。敬虔ぶった陳腐な言葉や聖書的な古風な言い回しではなく、現代のティーンエイジャーが理解することのできる口語的な台詞と自然な振る舞い。年上だがなかなか真面目な男と婚約した、人生のその段階でのマリアは、かなり陽気で溌剌《はつらつ》とした、お転婆でさえある娘だったとわたしは想像した。わたしは、マリアがヨセフの木工所を訪れ、一緒に散歩に行こうと誘う場面を書いた。ヨセフは、片付けねばならない仕事があるので断る。すると痴話喧嘩のようなものが起こるが、二人はすぐに仲直りする。そして、仲直りはキスで完全なものになる。

キャストの何人かは、最初の読み合わせの時、その場面の適切さに疑問を投げかけた。しかしわたしは、その段階では自分たちがメシアを世に送り出すとは知らなかった婚約中のカップルにとって、それは自然な振る舞いだと論じた。ディンプナ自身は、その論議に加わらなかった。彼女は終始目を伏せ、唇を固く閉じていた。その場面の真の動機を見抜いていたのだと思う。

そのあと二度ほど読み合わせをして、わたしは脚本の最初から動きを付け始めたが、第一幕、第一場の幕切れの台詞に来た時、勇気がなくなった――

ヨセフ――マリア、君とは長く喧嘩はできない。

マリア――わたしも。

わたしは、こう言っただけだった。「そうして、ヨセフとマリアは抱き合い、幕が下りる」

「キスの稽古はしないの?」とマグダ・ヴァーノンが言った。彼女は舞台監督の役を買って出ていた。風変わりな少女で、背が高くがりがりに痩せていて、眼鏡をかけていた。眼鏡は獅子鼻から絶えず滑り落ちた。逆立った黒い髪は、ベッドから出たばかりのように、四方八方に突き出ていた。長い丈の黒っぽいセーターが好きだったが、その裾を腰のずっと下まで引っ張って、ひどく形を崩していた。そして袖をぐいと伸ばしてミトンのように両手を覆っていた。まるで、衣服の中に自分を隠そうとしているかのように。噂によると、彼女は神経衰弱に罹り、家出をしようとし、娘を正常にしようとした両親にユースクラブに入れられたらしい。しかし彼女は、ユースクラブをあまり楽しんではいないようだった。キリスト降誕劇は、ほんの少し彼女の興味を掻き立てた初のイベントだった。彼女は、抱擁の場面が適切か否かの議論で、わたしを支持してくれた。そのことに対し、わたしは感謝した。しかし今は、口を挟んでくれない方がいいと思った。

「この段階では、全部のリハーサルの時間がないのさ」と、わたしは言った。「第二幕に行こうか?」しかし次に第一幕をやった時も、わたしは最後のキスの寸前で、またしても、やめた。

「どんな種類のキスになるのか決めるべきじゃない?」とマグダは固執した。「つまり、誰が誰にキスするのかってこと。で、唇にするキス、それとも頬にするキス?」

「頬にした方がいい」とヘロデ役の少年が言った。「でないとスタン神父がひきつけを起こす」。みんなクスクス笑った。

「実際、そのことは考えてなかったな」と、わたしは嘘をついた。ここ何日、そのこと以外ほとんど何も考えていなかったのに。「衣裳が出来るまで、それは保留にしておくべきだと思う」

その後、キャストがみな家に帰り、マグダとわたしだけで必要な小道具のリストを調べていると、彼女は悪戯っぽくわたしを見た。「あなたがやり方を知ってるとは思わないわ」

「なんのやり方？」

「女の子にキスするやり方。よかったら教えてあげる」

「自分で申し分なくできるさ、ありがとう」

しかしそのあと、寒い十二月の夜の中を歩きながら、その申し出を断ったことをちょっと悔いた。そして、それを復活させるさまざまな戦術を頭の中で練った。ところが、まさに翌日、スタン神父が激怒し、わたしの劇の第一幕はおじゃんになった。わたしは、マグダに個人指導を頼む口実を失ってしまった。

という訳で、わたしはディンプナ・キャシディーを抱擁することはなかった。わたしはベツレヘムに往く道すがら、彼女の腰に腕を回しはしたが、彼女はその場面では何枚も重ねて服を着ていたので、大した触覚的経験ではなかった。いずれにせよ、その頃までには、わたしはディンプナに対する性的興味をかなり失っていて、彼女の女優としての欠陥の方に、ずっと気を取られていた。劇を作る者が取り憑かれる、狂気じみて偏執的な、完全さへの探求心が、わたしを虜《とりこ》にした。ディンプナは、しょっちゅう台詞を忘れた。そして、思い出すと、抑揚のない、ほとんど聞き取れないほどの声で台詞を口にした。文句を言うと不貞腐《ふてくさ》れ、自分はそもそもこの馬鹿げた劇に出してくれとは頼まなかったと言った。彼女の唯一の取り柄は、見た目がとびきり素晴らしいということだった。そこでわたしは、彼女の台詞をできるだけ少なくし、彼女の役を、音楽を背景に、もっぱら黙ってする所作から成るものにした。わたしは、彼女が「牧人の歌」が気に入り、機嫌のいい時はそれを口ずさんでいるのに気づいた。そこで、マリアが登場する時はいつでも、それを一種のライトモチーフに使うことにした。そうするには、舞台の袖にいるマグダが、巧みに仕事をする必要があった——彼女はポータブル蓄音機を操作すると同時に、プロンプターの役もしなければならなかった。しかし、それは非常に効果的なのがわかった。同じメロディーを繰り返し用いるという、ミュージカル劇の最も大事な手法を偶然わたしは見つけたのだ。観客が教区ホールからぞろぞろ出て行く時に何を口ずさんでいたのかを推測するのはたやすかった。わたしたちの劇は大成功だった。わたしは、劇のあとマグダと一緒に家路についた。そして彼女の家の玄関ポーチで、唇がひりひりするほど、二人はキスした。

マグダは、わたしの最初のガールフレンドになった。翌年、二人がそれぞれ別の大学に行き、いつの間にか別れるまで。わたしは計画通り法律を専攻したが、時間のすべてを、大学のドラマ・ソサエティーとオペラ・ソサエティーでのらくらして過ごした。そして、第三級の成績をなんとかやっと取ると、そのまま演劇学校に入り、父の機嫌を大いに損じた。奇妙なことに、マグダも演劇熱に取り憑かれた。彼女は大学で演劇を専攻し、さまざまな地方のレパートリー劇団の舞台監督助手になり、ついにはテレビの世界に入り、現在、プロダクション・マネージャーとして、かなりよくやっている。わたしたちは、ショービズ関係の集まりで時々顔を合わせる。その際、ショービズの連中がするように抱き合うが、彼女はいつもこう言って、わたしをからかう。「唇、それとも頬? ダーリン」

　で、ディンプナは? そう、彼女はタイピストにも店員にもならなかった。彼女は体形も歯も失わなかった。誰かが、彼女に写真のモデルになる資質を見つけ、彼女は一九五〇年代の終わりに非常な人気を博し、ジーン・シュリンプトン(一九六〇年代に活躍した英国のトップモデル)が登場して彼女を流行遅れにしてしまうまで、いくつかの婦人雑誌の表紙を飾った。わたしの母の話では、彼女は裕福な実業家と結婚し、モデル業から引退した。二人は、ニューマーケットの近くのかつての荘園領主の大邸宅に住み、何頭もの競走馬を所有している……わたしは二人に手紙を書き、『クレオ!』に出資してくれないかと頼むかもしれない。

記憶に残る結婚式

A Wedding to Remember

エマ・ドブソンは、彼女を知っている者なら誰もが同意するのだが、芯の強い娘だった。「エマは、自分の目標と最優先すべき事柄を明確に認識している」と、第六学年コレッジ（大学入学に必要なAレベルのためのコースを提供するコレッジ）の女の校長が、彼女の最終成績表に記している。彼女は、同校の級長だった。「そして彼女は、それを実現する能力と強い意志を持っている」。その予言は的確だった。彼女はバース大学で「現代語」を専攻して、立派なセカンドの1（ファースト・クラスの次の成績）を取得し（それは文学より時事問題に力点を置いているので、雇い主たちに高く評価されている学位だ）、ウォリック大学で経営学の修士号を取得した。大学院生時代は、便利だし安上がりなので自宅で暮らした。それは、ソリハルの最も樹木の多い地区にある、広い現代風の家だった。大学院を修了すると彼女は、全国に支店のある銀行が行っている集中訓練コースに入ることができた。そして、バーミンガムにある、その銀行のイングランド中部の本部に勤めることになった。そこですぐに昇進し、個人投資家部門の責任ある地位に就いた。自動車部品を製造する会社の専務取締役をしていた彼女の父は、新しいビルの八階にある寝室一つのフラットの頭金を払うよう、無利子で彼女に金を貸した。そのフラットは、都市の中央の運河を見下ろしていた。元は侘しい工業用水路だったその運河は、余暇の楽しみと当世風の都会生活のための環境に最近変えられた。

投資情報サービスの新しい展開に関する研修に参加した際、彼女はネヴィル・ホロウェイという若い会計士に出会った。彼もバーミンガムを本拠とする会社に勤めていた。彼女は、彼と付き合うようになった。彼は男前で、焦げ茶色の目と、魅力的に微笑するたびに露になる美しい白い歯を持っていた。エマは自分の小さくて不揃いな歯に失望していた。そのため、あまり微笑まない習慣が身についてしまったが、生来のブロンドで、歯以外は感じのよい顔立ちで、体も恰好のよいサイズ12だった。ネヴィルの横に立つか坐るかして鏡に映った自分の姿をふと見ると、自分たちは容姿端麗なカップルだと思った。しばらくするとネヴィルはエマのフラットに移ってきて、住宅ローンの返済その他の出費を公平に分担した。二人は、それぞれの仕事場に歩いて行くことができ、週末には運河の曳き舟道を一緒にジョギングした。また、都市の中央に次々と出現した、数多くのさまざまなエスニック料理のレストランで頻繁に食事をした。それは、快適な生活だった。

かなりピューリタン的な道徳規範の影響を受けて育ったエマの両親は、娘がネヴィルと同棲しているのを本当には認めなかったが、ネヴィルに大いに好感を抱いていたので、それが当節の若者の生き方なのだとしぶしぶ受け入れ、非難がましいことを言うのは控えた。

だが、二人の関係が三年ほど続いたある日のこと、ドブソン夫人はもはや自分の感情を抑えることができなくなり、お前とネヴィルは何か将来の計画はあるのかとエマに尋ねた。「結婚って意味？」とエマは尋ねた。「ええ、そうよ、お前」とメイベル・ドブソンは、こわごわ言った。「実を言うとね、最近、そのことを考えてたのよ」とエマが答えたので、母は大いに安心した。エマは常々将来のことを自分で計画していたが、結婚もその中に入っているのだ。彼女とネヴィルは、自分たちの関係を一層強めても安心だと思えるくらい長く、一緒に幸福に暮らしてきたのだ。母の質問は時宜を得ていた。それはエマに、その問題をネヴィルに提起する口実を与えた。彼女は、まさに翌日の晩、そうした。

彼は驚いたようだった。むしろ、狼狽しているようだった。「今のままで僕らは充分幸せじゃないのかい？」と彼は言った。「ええ、でもあたしたち、いつまでもこんなふうにしている訳にはいかないわ」と彼女は言った。「子供が欲しいのよ。今すぐどうしても欲しいって訳じゃないけど」と彼女は几帳面に言った。「いつかは欲しくなるのはわかってる、それに、あんまり長く延ばすと、いろいろと健康上のリスクも高まるし」。「君の言うことはわかるよ、エム」とネヴィルは言った。「でも、何もそう急ぐことはないんじゃないかな？」「近頃じゃ、結婚式を準備するには長い時間がかかるのよ、とりわけ、あたしがしたいようなものは」。「どんなものさ？」と彼は訊いた。「人の記憶に残るような」とエマは言った。「例えば、披露宴はロングスタッフ・ホールでしたいの。そうして、夏の土曜日は、少なくとも一年先まで予約があるっていうことを、あたしはたまたま知ってるの」。ロングスタッフ・ホールは、ソリハルのちょっと外れの緑地帯にある、ホテルに改造された十八世紀のカントリー・ハウスだった。ネヴィルは、ドブソン夫人の誕生日を祝うために、ドブソン一家とそこで食事をしたことがあり、披露宴会場としてのその魅力を知っていた。「土曜日でなくちゃいけないのかい――あるいは夏じゃなくちゃ?」と彼は、例のように魅力的に微笑しながら言った。「ええ、そうよ」とエマは、にこりともせずに言った。「六月がいいの、招待したい人たちがみんな休暇でどこかに行き始める前」

エマはかねがね、独身の身分の終わりを記念するために、本当に記憶に残る結婚式を、贅沢で、豪華で、古典的な結婚式をすると自分に約束していた。それは、これまで自分の人生を成功させた、規律正しい刻苦勉励の一切に対する褒美、さらには箔付けになるだろう。彼女は、ほかの人たち――自分の家族、友人、とりわけ女友達――が、彼女が自分のためにならないほどあまりにも規律正しく、温かみに欠け、自然なところがなく、ロマンスに鈍感だと思っているのを知っていた。なら、あたしの結婚式は、あの人たちが間違っていること、あたしは想像力にも情緒にも快楽にも無縁ではないことを教えてやるだろう。だがもちろん、そこはエマなので、彼女は結婚式の準備に、人生のほかの分野で発揮したのと同じ、統制のとれた集中力、あらゆる細部をあくまでおろそかにしない態度で臨んだ。

勤務時間以外は、結婚式の計画を立てるのを自分の使命に、全身全霊を傾ける仕事にした。

幸い予約のキャンセルがあったので、ロングスタッフ・ホールは、翌年の六月の最後の土曜に使えることになった。わずか九ヵ月先のことだった。エマは両親と一緒にホテルの宴会マネージャーに会いに行き、丸一日ホテル全部を借り切る予約をするよう父を説得した。彼女はメニューの見本とワインリストを家に持ち帰り、飲み物に関してのみ、ネヴィルに相談した。二人は、小さな子供は除いて百五十人の招待客のリストを作った。フランク・ドブソンは、費用をおおまかに計算した結果、ぞっとした。「ひと財産使ってしまうな」と妻に言った。「でも、あの子はわたしたちの一人娘」とメイベル・ドブソンは言った。「それに、あなたは、それだけ出せる」。彼女は「わたしたち」と言う代わりに「あなた」と言った。なぜならドブソン氏が、二人が結婚して以来、ただ一人の一家の稼ぎ手だったからだ。メイベルは、一人っ子のエマを産む直前に、歯医者の受付の仕事を永久にやめてしまったのだ。「わたしらの結婚式が、君のお父さんの話では、五百ポンドしかかからなかったのを考えるとねえ」とフランクは思いに沈みながら言った。「インフレを考慮したって、あれは、このちょっとした事にかかる費用の何分の一かだった」。披露宴の初めに、シャンパンの代わりに発泡白ワインを出して節約したらどうかと彼が提案すると、エマは子供の時以来したことのないことをした。癇癪を起こしたのである——そして、お父さんはあたしの人生で一番大事な日を、信じられないほどのけちな根性で台無しにしようとしていると非難した。その声は次第に絶叫に近くなり、やがて傷心の啜り泣きになった。その演技はあまりに迫真的で、あまりに恐ろしかったので、以後、フランク・ドブソンは、結婚式の支出のどんな項目にも疑念を口にしようとはしなかった。

エマは、自分の考える完璧の水準に従って、結婚式の計画を着々と進めた。披露宴のバックグラウンド・ミュージックを演奏するハープ奏者と、晩のダンスのためのバンドを雇い、当日のあらゆる瞬間を記録するためにスチール写真家とビデオフィルム製作者に来てもらうことにし、必要になる、ボタンホールに挿す花とテーブルを飾る花について花屋に指示し、結婚式当日の朝、髪を整えてもらうために、お気に入りの美容師に両親の家に来てもらうよう予約し、招待状のデザインを選び、文句を考え、送り主の便宜を図って、結婚祝いの「欲しい物リスト」を作ってジョン・ルイス百貨店に登録し、そしてもちろん、専門店でウェディングドレスを注文した。それは、ケイト・ミドルトン（現キャサリン妃）のウェディングドレスに触発されたもので、白いサテンとレースで出来ていて、数回、仮縫いが必要だった。ドブソン夫人は、完成した衣裳を着た娘を見ると、誇らしさと嬉しさで涙を流した。エマの双子の従妹が花嫁付添人になることに同意し、揃いのドレスを着ること（そういうことはあまりなかったのである）を非常に喜んだ。また、別の親戚の六歳の少年が小公子のスーツを着て花嫁付添少年になり、エマが教会の通路を進んで行く時にウェディングドレスの裾を持ち上げて歩くことになった。彼女は、登記所やほかの世俗的建物内での結婚を見下《みくだ》していた。教会だけが彼女の結婚の適切な舞台になるのだった。そして、彼女もネヴィルも信仰心は篤《あつ》くなかったが、二人とも英国国教会で洗礼を受けていた。ソリハルの中世の立派な教区教会を使うこともできたが、その近くには駐車場がなかった。来賓は式のあと、自分の車かほかの者の車でロングスタッフ・ホールに行かねばならないのだ。申し分のないことに、ロングスタッフ村に小さな古い教会があった。エマは、当初はためらっていた教区司祭に、自分とネヴィルはいずれこの辺りで家を探すつもりだと嘘を言って、なんとか自分たちを結婚させてもらうことにした。それはエマのリストの項目の中で、一番自分の自由にはならなかったものなので、その項目の横に済みの印を付けた時、非常な満足感を覚えた。何もかも、計画通りに進行していた。

その間ずっとネヴィルは、結婚式の準備をエマに任せて満足していて、エマはもちろん、責任を負うことを喜んでいた。彼は、エマが報告するさまざまな決定事項に同意した——かなりうわの空で。仕事に忙殺されていたからだ。当面の最大の関心事は、間もなくドバイに行き、そこで複雑な会計検査を行うことだった。結婚式にはモーニングコートを着るようにエマに言われて抵抗した際にちょっとした諍《いさか》いがあったが、彼女に説得されて結局着ることになった。二人の最初の深刻な口論は、ハネムーンまでセックスは控えようという、彼女の提案がもとで始まったのだ。ハネムーンは、モルジヴでの十日間の休暇だった。

「一体、なんのためさ？」と彼は目を剝いて言った。

「あのね、考えてたのよ」と彼女は言った。「ずっと考えてたの、そうすれば全体がもっと意味のあるものに、もっと刺激的なものになるんじゃないかって。つまり、結婚式の当日までいつものようにセックスをしてたら、ハネムーンは、ただのもう一回の外国旅行に感じるはず。もし今、それをやめれば、今から結婚式の夜まで――」

「三ヵ月近く先じゃないか！」とネヴィルは叫んだ。

「でも、その時が近づくにつれ、どんなに期待が高まるか想像してみてよ」とエマは促した。「それを夢見て待ち焦がれるのよ。本当のハネムーンになると思うわ」

「そのあいだ、僕はどうするんだい――マスを搔くのかい？」

「嫌らしいこと言わないでよ」

「君はいいだろうよ」と彼は不平を言った。「でも、男は肉体的解放が必要なんだ、特に、一日中懸命に働いたあとでは――あるいは週日ずっと。週末だって、セックスがなければこれまでと同じじゃないだろう」

「しばらくのあいだ、なしで済ませる努力をするのよ、いい子だから、あたしのために。後悔はしないはずよ」。彼女は、もし彼が同意したら、なんの拘束もない放埒な行為が許されることになるのを仄めかすように彼を見た。これまでネヴィルが提案しても、エマがそのたびに断ったいくつかの性行為のバリエーションがあった。彼女は、暗黙の取引に彼が興味をそそられたのがわかった。

「そうだな、様子を見よう」と彼は言った。「どうなるか、様子を見よう」

二週間後、ネヴィルがドバイに行くちょっと前に、エマはブリストルの田舎のホテルで行われる週末の研修に派遣された。それは金曜日に始まり、月曜日に終わることになっていた。ところが土曜日の朝に厨房で出火した。厨房はひどく損傷したので研修は取り止めになり、出席者は昼に解散した。エマはバーミンガムに戻る途中ネヴィルに電話したが、彼の携帯電話の電源は切られていた。彼女は自分で鍵を開けてフラットに入り、「ネヴィル！ あたしよ」と大きな声で言ったが、返事はなかった。彼女が居間に入ると、最初に目に入ったのは、ソファーの脇の床にある、自分のものではないブラウスとブラジャーだった。彼女は棒立ちになり、過呼吸状態でそれを見つめた。

バスローブを羽織ったネヴィルが、寝室に通じるドアのところに姿を現わし、ドアを閉めた。「やあ、エム」と彼は言って、弱々しく、例の素敵な笑みを浮かべようとした。「研修はどうなったんだい？」

「そこに女を隠してるわね」と彼女は言った。

彼は溜め息をつき、両手を挙げて降参の身振りをした。「うん」

「外に出してよ」

「服を着てるところさ」

「その女は、これが要るんでしょ?」とエマは、投げ捨てられたブラウスとブラジャーを、軽蔑するように顎で示した。

その時、ドアが再び開いて、乱れた髪を肩まで垂らした若い女が部屋に入ってきた。女はジーンズを穿き、豊かな胸をした上半身をジャケットで覆っていた。「ハロー」と女はエマに言った。「ばつが悪いわね」

「あたしの家から出て行って」とエマは言った。

「もちろんよ」と女は、床から服を拾い上げた。「あたしだっておんなじ気持ちになるでしょうね」。あとになってエマは、あのふしだら女は、あの状況でかなりの落ち着きを見せたことを認めねばならなかった。

「あれは誰よ?」とエマは、女が行ってしまうと訊いた。

「会社の子さ」

「こういうことは、どのくらい続いてるの?」

「続いちゃいない。これが初めてさ。僕らは会社のクリスマスパーティーで、ネッキングをしたんだ、それだけさ。僕らは今朝、スターバックスで偶然会ったんだ……話が弾んだんでストラーダに移って昼食をとったんだ、それとワイン一瓶。彼女、僕のフラットが見たいって言ったんだ、自分でもこの辺りで買うことを考えてるからって、それで招《よ》んだんだ。そうして、あれこれあって……」

「あなたにそんなことができたなんて、信じられないわ」とエマは激怒して言った。「結婚することになってた、たった十週間前よ！」

「だけど、まさにそれなのさ、エム」と彼は言った。「もし君が、結婚式を挙げるまでセックスは禁止だなんて馬鹿なことをしなけりゃ、こんなことは起こらなかったろう」。彼は、遅まきながら、彼女の最後の言葉に気づいた。「どういう意味だい、『結婚することになってた』っていうのは？」

「今さらあたしがあなたと結婚するとは思わないでしょ？」

「なんだって、たった一回、ほかの女とやっただけで？」

「でも、あたしのフラットでよ！　あたしのベッドでよ！　なんでそんな真似ができるのよ？」

「すまない、エム」と彼は、両腕を大きく広げながら彼女の方に近づいてきた。

彼女は後退《あとずさ》った。「触らないで！　あっちに行って。一人にして。考えなくちゃ」

ネヴィルは服を着て、フラットからこそこそ出て行った。エマは坐って考えた。ネヴィルの不貞は大ショックだった。彼の評価は、取り返しがつかないほど下落した。彼女は、二度と彼を信用することはできないだろうと思った。結婚式など、どうしてできよう？

でも、と彼女は考えた、今となっては結婚式を挙げない訳にはいかない。どうやって両親、親戚、友人たちに、結婚式はキャンセルになった、婚約は破談になったなどと言えよう、それもひどく汚らわしい、屈辱的な理由で？　そんな知らせを聞いたなら、両親は仰天し、親戚一同はただもう呆れ返り、友人や同僚たちはそれぞれに憐れんだり、興奮したり、面白がったり、ある者は、密かに喜んだりするだろう（誰かはわかっているが）。会社に行くのは、これまでは常に喜びだったが、今後は毎日拷問になるだろう。そして、自分が奮励努力したおかげで結婚準備は非常に進んでしまっているので、解約するのは極度に難しく、恐ろしく高くつくだろう。父は、披露宴の費用の手付金として、返金してもらえない相当の額をすでに払ってしまっていて――そして彼女は思い出すと胸が痛むのだが――宴会マネージャーが、キャンセルの場合の保険をかけたらどうかと言った時、彼女はその忠告を一笑に付したのだった。ウェディングドレスはキャンセルできず、代金を支払わねばならないが、それを着ることは決してないだろう。一つだけ確かなことがあるからだ――もし、この結婚式をやめれば、こういう結婚式をすることは二度とない。もし、将来のいつかほかの誰かと結婚するようなことがあれば、それは、この大失敗の結婚式を思い出させないような、そして、また父に散財させる必要のないような、地味で目立たない結婚式でなくてはならないだろう。

ひょっとしたら、とエマは考えた、ネヴィルを許す気になるかもしれない。

その晩、彼は遅く帰ってきた。彼女が気づいて喜んだことには、相応にしゅんとしていた。陰鬱でさえあった。そして彼女と向かい合って坐った。彼女は前もって用意していた話をした。あなたはあたしをひどく傷つけた、でも、この経験を何かポジティヴなものに変えることができるかもしれない。こうしたことが結婚のあとではなく前に起こったのはよいことだった、なぜなら、それは節操という問題を明るみに出したから、それは自分にとっては絶対的に不可欠なのだ。男は女とは違った欲求と衝動を持っているとあなたが信じているのは知っている、でも、あなたは間違っている。話のここで、彼女は個人的な告白をした。「あなたは、あたしが去年の夏に行った、バースでの大学の同窓会を覚えているでしょ？　あたしはトムに会ったの、二年の時に付き合った人、実は彼は、あたしが寝た最初の男の子だった。彼はコンピューター科学を専攻していた。あたしたちはとっても親密だったんだけど、あたしは一年フランスで過ごした、そうしてしばらくすると、彼は手紙を寄越し、自分はほかの娘《こ》と付き合っているって言ってきたの。あたしが最終学年のために帰国すると、彼は卒業していて、もう大学にはいなかった。そう、同窓会のカクテル・レセプションで、お互いに同時に目と目を見交わしたの、まるで映画のシーンみたいに。そう、混み合った部屋の向こうとこっちで。あたしたち、立ち竦んだ。そうして、その晩は一緒に過ごし、バーの隅に坐り、ほかの誰ともほとんど喋らなかった。トムはまだ独身で、うまくいかないある関係を解消しているところだと言ったわ、そうして、彼がその夜をあたしと過ごしたいと思っているのが、あたしにはわかった、彼は、あたしたちが割り当てられた学生宿舎のベッドは、あたしたちの時代よりずっといいって冗談を言った。あたしはと言えば、彼にすごく惹かれたんだけど、その晩の終わりにキスとハグだけして自分の部屋に行ったの。あたしたちのことを考えて」

ネヴィルは、このエピソードを無表情で聞いていた。ちょっとがっかりしたエマは、こう話を締め括った――きのうの出来事をじっくり考えてみた結果、もしあなたが、ああいうことは二度と起こらないと約束してくれれば、あなたを許し、このまま結婚式の準備をする。

ネヴィルは、しばらく答えなかった。すると、咳払いをしてから言った。「そう、僕も考えてたのさ、エム、そうして、うまくいかないだろうっていう結論に達したんだ」

「何がうまくいかないの?」

「僕らが結婚することが」

「どういう意味?」漠然とした不安が全身を駆け巡った。「なら、なぜ結婚してくれって頼んだの?」

「僕は頼みはしなかったさ」と彼は言った。「二人はこれから結婚するって、君が言い出し、僕が同意したんだ。僕らの関係で問題なのは、要するに、それさ」

長い言い合いが続いた。エマは、結婚式をキャンセルした場合どういう結果になるかを数え立て、彼を怖がらせようとした。自分を怖がらせたように。しかし、無駄だった。ひと騒動あるだろう、しかし、そんなものはすぐ収まってしまうさ、と彼は言った。「もちろん、あなたには大したことはないでしょうよ、あたしの場合と違って」と彼女は苦々しく言った。「そうして、あなたの家族は一ペニーも損をしない」。「破れた婚約の方が、破れた結婚よりいい」と彼は勿体ぶって言った。彼女は懐柔策に変え、自分は我を張り過ぎたことを認め、今後はもっと態度を和らげ、もっと融通の利く人間になることを約束すると言った。そして、二人が一緒に過ごした楽しい日々を思い起こし、それは二人が見事なほど相性がいいことを証明している、と言った。さらに、涙も流してみた。ネヴィルは、心を動かされなかった。彼は、その夜はソファーで寝た。エマは、寝室に行ってテマゼパム（睡眠薬）の助けを借り、忘却を求めた。

日曜日の朝のフラットの雰囲気は、冷えびえとしていた。ネヴィルは、翌日ドバイに飛ぶことになっていた。一週間、そこにいる予定だった。「戻るまで、僕の荷物は持ち出せないな」と彼は言った。「今度のことについては、ご両親にも誰にも何も言わないでね、その時まで」とエマは言った。「僕はあっちに行っているあいだに決心を変えるつもりはないよ、エム」と彼は言った。「もし、君の望んでいるのがそれなら」。「望んでなんかいないわ」と彼女は言った。「あなたが跪《ひざまづ》いて頼んだって、もうあなたとは結婚しない。でも、大騒動になるでしょうね、あたしは一人でそれに対処するなんて真《ま》っ平《ぴら》よ」。「もっともさ」と彼は言って、スーツケースに荷を詰め始めた。

実を言うと、エマが今度の件について誰にも言わぬように頼んだのには、別の動機があったのだ。テマゼパムの効果が徐々に薄れて早朝に目を覚まし、自分の完璧な結婚式が間もなくおじゃんになることをベッドに横になってあれこれ考えていると、突拍子もない考えが浮かんだ。そう、自分は六月にネヴィルと結婚することはない——あんな男、いなくなってせいせいした。あいつがどんなにあたしを見くびっていたかが、今、わかった——でも、自分が誰かほかの男と結婚するとしたら？　例えば、トムと結婚するとしたら？

彼女は、トムに再会した時のことについて話した際、すっかり正直だった訳ではなかった。夕食のあと、バーの隅で一本のワインを分け合って飲みながら、トムは彼女にこう言った。君はなんて素敵なんだ、僕はどんなに頻繁に君のことを、そして学生時代に一緒に過ごした素晴らしい時間のことを考えることか、君が一年外国にいたことで僕らが別れてしまったのは、なんと残念なことか、当時の僕は若過ぎて、未熟過ぎて、君が滅多にはいない女の子、忠実に待つ価値のある女の子だということに気づかなかった。「あれ以来、僕の人生にはほかの女たちがいたけど、エマ、君のような女《ひと》はいなかった」と彼は言った。自分は婚約していると彼女が話すと、彼は芯から悲しそうな顔をした。「うん、そいつは幸運な男だ」と彼は溜め息交じりに言った。彼女はと言えば、トムに再会し、若い頃に彼が自分に対して持っていた人間的魅力、強烈な肉体的魅力のすべてを思い出し、その晩は、ただ一回のキスとハグでではなく、彼の部屋のベッドでの長いネッキングで終わった。彼は、ウィスキーの携帯瓶からナイトキャップを飲もうと、彼女をそこに誘ったのだ。彼女は、狭義に解釈すると名誉が汚されることなく彼と別れた。しかし服と感情は乱れていた。翌朝目を覚まし、自分の行動を振り返ってややショックを受けたが、別に重大なことは起こらなかったので安堵した。学生食堂で朝食を共にしたあと、おおやけの場で控え目に別れの言葉を交わした際、彼は業務用名刺を彼女の手に握らせた。「トマス・ラドクリフ、理学士、理学修士、システム・コンサルタント」。それにはロンドンの住所と、ほかの連絡先の詳細が書いてあり、裏に手書きのメッセージがあった。「もし、君のために僕ができることが何かあったら知らせてくれ給え。トム」。そうよ、今、彼があたしのためにできる何かがあるのよ。

エマは、業務用名刺を仕舞ってある財布からトムの名刺を取り出し、自分の婚約が破棄されたこと、自分は淋しい、あなたにまた会えたら嬉しいということをeメールで伝えた。彼は、すぐさま返信を寄越した。「いつ？　どこで？」至急eメールをやりとりした結果、彼が翌日バーミンガムに来て、彼女を町のミシュランの三ツ星のレストランに連れて行くということになった。彼は、その夜はハイアット・ホテルに部屋を予約したと言ったが、彼女はその日の朝、事態が違った具合に展開した場合に備え、ベッドのリンネルを替えておいた。

二人はレストランで会った。彼も同じことを考えているのが、すぐに彼女にわかった。君はどこに住んでいるのかと彼が訊き、彼女が、自分はすぐ近くに住んでいて、ディナーのあとでそのフラットを見せてあげられると説明すると、彼は、自分のためにクリスマスがごく早くやってきたというような顔をした。そしてウェイターが、二人の前に置いたほんのわずかな前菜の材料を唱えるように説明しても、ほとんど聞いていなかった。メイン料理が出てくるのを待っているあいだ、トムはエマの婚約が破棄されたことに同情の言葉を述べた。「危ないところだったの、運が良かった」と彼女は素っ気なく言った。「あの男は、あたしにはふさわしくなかった。結婚するってこと、考えたことがある？」トムは額に皺を寄せた。「あんまりない。一生を共にできると感じた女性に会ったことがないのさ」。「あたしは、どう？」とエマは大胆に訊いた。トムはびっくりした顔をし、笑った。それから、その質問が冗談ではないとわかると、真面目な顔つきをした。「あれは初恋だったのさ、エマ、僕ら二人にとって」と彼は重々しく言った。「僕らはごく若かった——結婚は問題外だった」。「でも、今は違う」とエマは指摘した。「うーん……そうだね」と彼は言った。まさにその時、二人のウェイターがクロムめっきのドーム形の蓋をかぶせた二つの皿を持って現われ、トムとエマの目の前で、シンクロした正確な動作で、それを開けた。「でも今は、僕らは以前とは違う二人の人間だ、エマ」と彼は、ウェイターが行ってしまうと言った。「僕らは何年も会わなかった、この前の夏のあの同窓会は別にして。おそらく僕らは、また互いに会い始めることができるだろう、時折はね……どうなっていくか、誰にもわからないさ。この混ぜ合わせ料理は面白い——君の魚はどうだい？」「問題は」と彼女は言った。「実際、時間があまりないってこと、もし、あたしたちが、すでに準備の整ってるものを利用するなら」。彼女は、そのことについて、少し詳しく話した。

エマは、プレデザートとデザートのあいだに手洗に行かねばならなかった。自分たちのテーブルのところに戻ってくると、トムが眉根を寄せてiフォーンを見ていた。そして、彼女が坐ると、それをポケットに入れた。「とってもすまないんだけど、エマ」と彼は言った。「ロンドンで片付けなくちゃいけない、ちょっとした緊急の用事が出来たんだ」。彼はデザートを掻き込むようにして食べると（エマは自分のデザートに手をつけなかった）、エマを彼女のフラットの建物のロビーまでエスコートし、頰に軽くキスしてから、ロンドン行きの遅い列車に乗るためにそそくさと立ち去った。「じゃ、またね」と彼は言った。エレベーターの中で一人になったエマは、八階まで泣き叫び、パッド入りの壁を拳《こぶし》で叩いた。固定電話に母からのメッセージがあった。結婚式の招待状が印刷されて届いたので、近いうちに来て封筒の宛名書きを手伝ってもらいたい、と母は言っていた。そしてネヴィルから、もう一週間ドバイにいなくてはならなくなったが、結婚式が取り止めになったことを公表するのを、これ以上延ばしてはいけないと思うという、eメールが届いていた。エマはテマゼパムを二錠嚥《の》んでベッドに入った。

翌日、職場にいる彼女に、母が招待状のことで電話してきた。「お前が忙し過ぎて来られないなら、ダーリン、わたしが出しておく」。「駄目、それはやめて」とエマは言った。「変えなくちゃいけないかもしれないから」。「変える?」とドブソン夫人は怪訝そうな声で言った。「なぜ?」「文句に間違いがあるかもしれない」とエマは言った。「自分でチェックしなくちゃ」。「そうかい、これ以上延ばさないでね、ダーリン」とドブソン夫人は言った。「時間がなくなるから」。「わかってるわよ」とエマは言った。「できるだけ早く行く」。奥の方で、父が不機嫌そうに、「もうこれ以上待てないって、あの子に言いなさい」と言うのが聞こえた。

彼女の最後の手段はインターネットだった。彼女は、〈馬を繋ぐ杭《ヒッチング・ポスト》〉というウェブサイトを見つけた。そこで独身者は、自分の正体を明かすことなく、結婚相手になりそうな者と接触することができた。そして彼女は、自分の容貌の魅力的な記述と、夫に望んでいる好ましい資質のリストを投稿した。最後に、こう書いた。「六月最後の土曜日の結婚式に間に合わなければなりません」。彼女は、驚くほどのスピードでいくつかの返事を受け取った。明らかに真面目なもの、面白がっているもの、猥褻なものがあった。一つは、勃起したペニスの写真を送ってきた。自分は三十五歳の大学講師だと書いてきた男が見込みがありそうだった。男はバーミンガムの近くに住んでいたので、美術館の喫茶室で会う段取りをつけた。彼は、目印に赤いマフラーをして行くと言った。彼女は、銀色のキルトのスキージャケットを着て行くと言った。実際には、ベージュのレインコートを着た。自己紹介をする前に、そっと男を観察することができるからだ。彼女は約束の時間より早く着いたが、男はすでに、紅茶のカップを前にして喫茶室にいた。汚れた赤いマフラーを首に巻き、新聞を読んでいた。白髪交じりで、まばらの頬髯を生やし、彼女の父くらいの齢に見えた。彼女が観察していると、盛んに鼻をほじり、指の爪に付いた掘り出した粘液をしげしげと眺めてから、口に入れた。エマは急いで手洗に行き、吐いた。

エマが美術館を出た時は、雨が降っていた。彼女はレインコートのフードを頭にかぶり、両手をポケットに突っ込み、運河の曳き舟道をぶらぶらと当てもなく歩いた。ついに彼女は敗北を受け入れた。結婚式は見込みのない企てではない、と言い張ることは、もはやできなかった。彼女は、自分の最近の振る舞いは不合理――不合理かつ危険――だったことを認め始めた。その振る舞いは、結婚したいという欲求からのものではなく、頑強に抵抗する現実に自分の意志を無理矢理押しつけようという欲求に駆られたものだった。ネヴィルに裏切られた時、彼に代わる別の男を、わずか数週間で見つけることができると想像した自分は、なんと愚かだったのだろう、と彼女は思った。彼女は立ち止まり、運河の黒い水面をじっと見下ろした。

「失礼ですけど、大丈夫ですか？」

彼女が振り向くと、アノラックにジーンズという恰好の青年が、数ヤード先に立っていた。彼もフードをかぶっていたが、それが相手を怖がらせるかもしれないと思ったかのように、後ろに引き下げた。すると、そんな懸念とは正反対の、雀斑《そばかす》だらけの丸顔と、もじゃもじゃの明るい色の巻き毛が現われた。

「差し出がましいようですが」と彼は言った。「でも……」

「あたしが身投げするんじゃないかと心配したのね？」

「そう思いましたよ」と彼は言った。「そんな様子だった」

「身投げしても無駄でしょうよ」と彼女は言った。「あたしは泳げるの。かなり上手に、ほんと」

「ええ、そうでしょうね」と彼は言った。「なら、大丈夫なんですね？」

「ええ、ありがとう」

「オーケイ」。彼は、数歩歩いてから戻ってきた。「一杯どう、ひょっとして？　この先に感じのいい小さなパブがあるんです」

「行きましょうよ」とエマは言った。

「じゃあ決まった」。彼は片手を伸ばした。「僕はオスカー」

彼女は彼と握手した。「エマ」

「で、君は何をしてるの、エマ?」と彼はカウンターから飲み物——彼女にはウォッカ・トニック、自分にはビール——を持ってくると訊き、小さなテーブルを挟んで向き合って坐った。

「銀行で働いてるの」と彼女は言った。いつもは、そういう質問に対し、「あたしはバンカー」と答えた。その方が偉そうに聞こえるからだ。しかし彼女は、オスカーにとってその言葉は、他人の金を使って無謀な賭けをして厖大なボーナスを稼ぎ、金融恐慌を引き起こす無節操な男たちを連想させる醜いものだろうと推測した。「あなたは何をしてるの?」

「僕はコンセプチュアル・ポーエット」と彼は言った。

「コンセプチュアルな詩って何?」と彼女は訊いた。

「人が詩として提示する、言葉でのあらゆるものであるうるのさ。作り上げる必要はないんだ。発見するだけ」

「どこで?」

「どこでも。天気予報、小さな広告、サッカーの結果……普通の物であればあるほど、いいんだ。僕は今、長い物語詩に取り組んでるんだ、それは、イギリス最南端のランズ・エンドから最北端のジョン・オー・グローツ村までの旅の行程に対する、衛星ナビゲーションによる指示を文字にしたものなのさ。題は『可能な時に向きを変えよ』」。

エマは笑った。その笑い声は彼女を驚かせた。自分が長いあいだ笑わなかったことに、彼女は気づいた。「指示をただ書き写すだけ？　あまりオリジナルには思えないわね」

「オリジナリティーっていうのはひとりよがりなのさ。コンセプチュアル・ポエトリーは、言語そのものの奇蹟の前に謙虚になる。言語に自分の意志を押しつけない」

「それは面白いわね」とエマは言った。

「もちろん、『可能な時に向きを変えよ』の場合、僕は旅の行程を選ばなくちゃならなかった、そのルートを車で走った、だから、その詩はその意味ではオリジナルなのさ」

「その一部、朗誦できる？」

「いいとも」。彼は、明るい青い目を彼女にじっと向けた。それは、天使の目のように彼女には思えた。彼は、軽快で耳に心地よい声で吟唱した。「ロータリーを越す、二番目の出口、それからロータリーを越す、三番目の出口……右へ向かう、そして左側走行……二百ヤード先で出口を抜け、高速道路に出る……前方に出口！……八百ヤード先で出口を抜ける……出口を抜ける、それから右にターン……右にターン……可能な時に向きを変えよ」

「素敵だわ」とエマは、その詩の途方もない無意味さにうっとりとして言った。

数日後エマは、ボイスメールに残された父からの怒りのメッセージで呼びつけられ、両親の家に着いた。「一体どうなってるんだ、エマ？」と父は、彼女が玄関に入るや否やドアを閉めて訊いた。「ネヴィルの両親が今朝、電話をかけてきた。ネヴィルは両親にドバイからeメールを送り、お前は婚約を破棄し、結婚式はキャンセルしたと伝えたそうだ。両親は、わたしらが知ってるものと思ってるようだった。わたしはなんと言っていいのかわからなかったよ」

「それは本当よ」とエマは言った。玄関ホールにやってきて、ちょうどその言葉を聞いた母は、わっと泣き出した。「ああ、エマ！」と母は泣き喚いた。「招待状は全部出しちゃったのよ！　一体、なぜ？」

「あの人があたしを騙したのよ」とエマは言った。「あたしは許すつもりだったんだけど、結婚するってことについて、あの人が決心を変えたの」。彼女は、出来事の顚末をかいつまんで話した。

「なんて野郎だ」とドブソン氏は口調を和らげて言い、慰めるようにエマの肩に片手を置いた。「結婚式のキャンセル料のことで、奴を訴えたいね」

「キャンセルの必要はないのよ」とエマは言った。「新しい招待状を印刷するだけのこと」

ドブソン氏は手を放し、ドブソン夫人は呆気に取られて彼女を見た。「な、な、なんだって？」

二人は異口同音に言った。

「結婚式をキャンセルする必要はないの、あたしと結婚したがってる別の男と恋に落ちたから。そうして彼は、六月の最後の土曜日は空いてるの」とエマは言った。

両親は、びっくりして目と目を見交わした。「誰なんだい？　何をしてる男なんだい？　どのくらい前からその男を知ってるんだい？」とドブソン氏は訊いた。

「オスカーっていう名前で、詩人なの。四日前に会ったの。運河の曳き舟道で」

「言っただろ、メイベル」とドブソン氏は言った。「この子は神経衰弱に罹ってるんだ。この結婚式が原因で。この子には荷が重過ぎたんだ。この子は助けが必要だ」

「そう考えるのも無理はないわね」とエマは言った。「最近、あたしがちょっとおかしかったのは認める。でも、人生で今ほど正気に感じたことはないわ」

「正気？　四日前に会った男と結婚するのを正気って言うのかい？　それも、詩人と？　詩は金にならない」

「オスカーには不労所得があるの」

「どのくらい？」

「正確には知らない」

「もちろん、お前は知らない。その男は詐欺師だ、明らかに。どういうことか、わたしにはわかる――お前は、この結婚式に取り憑かれ、相手が誰でもいいから結婚する気になってる、結婚式をキャンセルするくらいならゴミ収集人と結婚した方がましだと思ってるんだ。お前は、わたしらを笑い者にする気なんだ。いや、わたしはそうはさせない。一切ご破算にする。そうして、いつか、また結婚式の費用を出してくれと、わたしに頼むんじゃないぞ」

「わかったわ」とエマは落ち着いて答えた。「登記所でひっそりと結婚するわ、披露宴なしで」

それを聞いてドブソン氏は考え込んだ。それは、エマが本当に、その詩人を人柄ゆえに愛していることを暗に意味していたからである。ドブソン氏は、エマがすでにオスカーの両親に会ったこと、オスカーの父が高等法院の判事であること、母が新聞の有名なコラムニストであること、オスカーの不労所得が、祖母のレディーなんとかが彼に遺した年間配当金であることを知ると、一層好意的になった。その日が終わるまでにはドブソン氏は、オスカーを軽蔑すべきネヴィルの代わりにするという考えに賛成していた。ドブソン夫人はエマのために喜んだが、それでも、土壇場で花婿が変わったことに親戚や友人たちがどんな反応を示すかに不安を覚えていた。「陰で笑いたけりゃ、笑わせとけ」と彼女の夫は言った。「大事なのは、エマが幸福になるってことさ」

そして、彼女は幸福になった。六月最後の土曜日は、やや風があって曇っていたが、ロングスタッフ教区教会から新郎新婦が出てくると太陽が顔を出し、二人に照りつけた。オスカーは天使のようだった。ロングスタッフ・ホールでの披露宴は大成功だった。オスカーの大学時代の友人である花婿付添人は、最初の招待状の些細な修正に触れた、ウィットに富んだスピーチをした。皆は、大いに笑った。エマは、テーブルの下で夫の手を握り、静かに微笑んだ。まさにそうだったからこそ、列席者の誰もが彼女の結婚式をいつまでも覚えていることだろう。

わたしの死んだ女房

チェルムズフォードの近く

My Last Missis
Near Chelmsford

そこの壁に懸かっているのが、わたしの死んだ女房さ、まるで生きているように見える。そう、女房は美しかった。それは間違いない。ラリー・ロックウッドが撮った写真だ。えらくぼられた。ロックウッドは当時、流行児だった——作品は『ヴォーグ』とか『ハーパーズ』に載った。どれも豪華な雑誌だ。奴はウェストエンドで展覧会を開いた。ヴィヴは、それを観に行くよう、わたしを説得し、奴に肖像写真を撮ってもらいたいと言った。展覧会の写真の値段を見てからわたしは、手始めにパスポート用の写真を撮ってもらったらどうだと言った。もちろん、それはただの冗談だった。わたしは彼女の好きなようにさせた。二人が結婚してから、そんなに長く経っていなかった。ロックウッドは助手を二人連れ、ここにランドローバーでやってきた。機材一式を持って——照明器具、衝立、例の傘のようなもの。そして、書庫にそれを設置した。そう、本当を言うと、わたしは本をあまり読まない——だから、奴が丸一週間滞在しても、どうということはなかった。うちのプールの横の離れに客用の部屋があるので、そんなにいられては困るとは言えなかった。たかが

写真一枚撮るだけのために一週間！　もちろん、奴は一枚以上撮った、愚劣な数百枚の写真を撮ったが満足せず、完璧なショットを求めているのだと言った。そう、とうとう目的を達したものと思う――ともかくも自分が満足するような具合に。そして、ヴィヴが。さあ、よく見てくれ給え。そう、興味深い表情だ。そう言ったのは、あんたが最初じゃない。あるいは、その表情が何を語っているのか訝《いぶか》ったのは。それは、わたしにはなんの関係もなかったとは言える。わたしは、そこにいなかったのだ。初めはロックウッドの仕事ぶりを見ていたが、すぐに飽きてしまい、あとは二人に任せたのさ。女房が言うには、その写真は最後のセッションで撮られたものだ。おそらくロックウッドは、とりわけ女房の気に入るようなことを言ったのだろう――それが奴の流儀さ。「愛らしい、ダーリン」と奴は言うのだ。「素敵だ、素敵だよ。もうちょっと目を色っぽく」。奴は誰彼なく、ダーリンと呼んだ。気に入らなかったが、異議を唱えることはできなかった。「ほんの少し、そのまま、ダーリン、レンズを交換するあいだ。君の頬骨は素晴らしい、それを知ってたかい？」ヴィヴは、そうした世辞を真に受けた。女房は、昔から追従《ついしょう》にめっぽう弱かった。おべっかを使う者が誰であれ、構わなかった。写真家であれ、かかりつけの美容師であれ、夏にプールの水の化学的成分を検査に来る者であれ。女房は人付き合いがよく、人は女房を好いた――わたしの気に入らないほど、少々あからさまに。女房は人がそうするように、自分で仕向けたのさ。そして、人に関してなんの好みもなかった、結局のところ。いや、

わたしはスノッブではない。わたしは腕一本で叩き上げた男だ。公営アパートで育ち、義務教育修了試験でいくつかの科目に受かっただけで十六で学校を出て、廃棄物処理で金を稼いだ。そして、中古のトラック一台で、ささやかな商売を始めた。今では、わたしの艀《はしけ》の艦隊がテムズ河を上下している。そんな具合に成功した男は、家で少々敬われる資格があると思う。ヴィヴは美容師に金を払う際——美容師は、もう来るなとわたしが言うまで、家にやってきたものだ——たっぷりチップをはずみ、わたしから誕生日にダイヤモンドのネックレスを貰った時と同じような微笑を浮かべて礼を言ったものだ。花壇の周りを歩いている際に庭師から薔薇を一輪切ってもらうと、それを家の中に持ってきて、ヤクでも一服吸うような具合に匂いを嗅ぎ、馬鹿みたいにニタニタ笑ったものだ。それが、わたしの癇に障り始めた。二人は、そのことで口論した。もっぱら女房がまくし立てたのだが。わたしは結婚した当初は、そんなことになるとは思ってもいなかった。当時、女房は可愛子《ミス》・ちゃん《マウス》で、美人だけど従順だった。女房は、自分の幸運が信じられなかった——豪邸、自分の車、召使い……しかし、それで女房はのぼせてしまい、口答えし、生意気な態度をとるようになった。ある日、わたしが平手打ちを喰らわせるまで。それで女房は、にこりともしなくなった、実のところ。それは殴打ではなく、ただのビンタだったが、女房の騒ぎ立て様を見ると、わたしが女房の大事な頬骨を折ってしまったと人は思っただろう。そして、わたしが仕事で家を留守にしているあいだに、さっさと実家に帰り、わたしが買ってやった宝石を全部弁護士費用に充て、離婚訴訟を起こした。そう、わたしはヴィヴにひどく失望した。わたしは旧式な男で、妻は夫を特別な者として扱わねばならないと信じている。だから、あんたの結婚斡旋所に相談したのさ。その点、東洋の妻たちは非常に優れていて、言われたことをやり、口答えせず、夫の必要とするものは何か調べるということを、わたしは聞いた。わたしの言うことは、わかるだろう？　そして、あんたが送ってくれた写真の女は……なんという名前だったかな……そう、そう、クラープだ、実に素敵だ。わたしは、あんたとじかに会って条件を確認したかったのさ。そして、それが合法的だとわかって安心した。来てくれて、ありがとう。日付に関してわたしたちが合意すれば、わたしは彼女に会いにバンコクに飛ぶ。そして万事うまくいけば、話を決める。そうとも、ヴィヴはわたしと離婚した――そして、滑稽なほど多額の報酬を手にすることになった。この国の離婚法はお笑い草さ。苦労して貯めた金の半分をしぶしぶ出さねばならぬ哀れな亭主には笑いごとじゃないが。判事がヴィヴに与えたのは、それなんだ、わたしの資産の半分。信じられるかい？　幸い、彼女は、わたしの上告の審理が始まる前に死んだんで、わたしは弁護士費用を払っただけで済んだ。車の転落事故。女房はその時たった一人で、目撃者もなく、したがってなぜミニが道路から外れて渓谷に落ちたのか、誰も知らない。それは謎だ。それを聞いた時、いろいろとあったものの、可哀想に思った。そういう訳で、女房の思い出の縁《よすが》として、写真をここに置いてあるのさ。女房に恨みがあると、誰にも思ってもらいたくないからさ。プールサイドのバーに行って一杯やるかい？　あんたには、その必要がありそうだ。厳選したシングル・モルトがあるんだ。それがあんたのお好みなら。こっちだ。あの写真は、大英帝国五等勲爵士になった時に、バッキンガム宮殿の前で撮ったものさ。あれには実際、金がかかった。勲章に、という意味で、写真に、という意味じゃない。

あとがき

「起きようとしない男」は、わたしの気分がひどく沈んでいた、一九六五年から六六年の冬にかけて書かれた。わたしは当時、ハークネス奨学金を貰って妻と二人の子供とアメリカで多幸症的な一年を過ごしたあと、離脱症に罹っていた。さらに、バーミンガムに戻って、安普請《やすぶしん》の、狭くて暖房が不十分な寝室二つの家にまったく満足していなかったうえに、わたしの手が届くような、もっとよい家を見つけることができないゆえの絶望感も覚えていた。鬱病の徴候の一つ、およびそれに密接に結びついた不安状態は、眠りから覚めた瞬間、その直接の原因となっていることをすぐさま思い出してしまう、というものである。人は、眠りという忘却の状態に戻りたいと願うが、その願いは叶わない。そこで、起きる瞬間をできるだけ先に延ばす。だが、うとうととしている境地の温かさと受動的状態にしがみついていながらも、遅かれ早かれ起き上がって新しい日と、その責任に直面しなければならないことを意識し、罪悪感を覚える。（あるいは、この短篇を書いていた時のわたしには、そう思えた。老年を迎えたわたしは、この苦境が新しい、皮肉な意外な展開を見せていることに気づいた。わたしは非常に早く目を覚ますが、規則的な勤めからは引退していて自分の好きなようにできるので、ただ寝返りを打ってまた眠ればよい。しかし、目がすっかり冴えていて、脳が呼び起こすあらゆる否定的な考えのなすがままである。そこで、そうした考えから逃れるために、わたしは起きる。）

この経験から、起き上がらなかった男のフィクションの物語が生まれたのは、明らかであろう。自分の人生に対するその男の不満と、温かい、子宮のようなベッドの快楽が、人を結局は起き上がらせる一切の拘束力に立ち向かわせるのである。この短篇は、逃避に対する一種の願望充足の幻想として書き始められた。しかし、書き進めながら、この幻想は最後までそのままであるべきか、現実によって破られるべきかという問題を解決しなければならなかった。男は一種の民衆的英雄、世俗的聖人になり、誇大妄想を抱くに至る。「天使と聖人が、雲のかかった最高天から自分を眺め下ろし、こっちに来て一緒になるようにと差し招いているように思えた……そして、渾身の力を振り絞って夜具をぐいと剝ぎ取り、床に投げ飛ばした」。わたしの著作権代理人がこの短篇を『ウィークエンド・テレグラフ』に渡した時は、この話は、こう続いていた。「彼は寒さと闇を意識した。そして、自分は空中にいると思っていた。『一体なんの真似？』と妻が言った。『目覚まし時計はまだ鳴ってないわよ』」。言い換えれば、それまでの頁に書かれた彼の経験は夢だったのであり、彼はいつもいるところ、またも憂鬱な日の始まりに戻ったのである。

わたしは、このエンディングに、すっかり満足はしていなかった。なぜなら、夢から覚めるというのは、物語の常套手段だからである。雑誌の編集長も、それに満足しなかった。ほかの点では、この短篇が気に入ってくれたが。その男を死なせられないだろうか、あるいは、ベッドに横になっているのにすっかり飽きて起き上がるようにさせられないだろうか、と編集長は言った。後者の提案はあまりに平凡で考慮に値しなかったが、前者の提案でわたしは、最終的に出版された形のエンディングを書く気になった。死は、彼が人生から撤退し始めた時の侘しい環境の中で訪れねばならないと、わたしは決めた。部屋はもともと詳細に描写されていた。「電灯の取り付け具からドアのところまで、まるで嘲笑っているかのように走っている、天井の漆喰のギザギザの長い亀裂」。わたしは、この短篇の終わりの少し前で、この亀裂が改装で修理され隠されたということを書き加えたが、その亀裂が再び現われるのは、書き直したエンディングに薄気味悪い効果を与えている。このエンディングは、最初のものより厳しく主人公を罰していて、この短篇を、不気味な教訓譚のようなものにしている。しかしおそらく、わたしはこれを書くことで自分に教訓を授けていたのであろう。

この短篇の基本的なテーマは、故スー・タウンゼンドの二〇一二年に発表された小説『一年間ベッドにいた女』のそれに似ている。その二つは、共通の物語の要素をいくつか持っている。スー・タウンゼンドのヒロインは、わたしの主人公同様、起きるのを拒否した結果、有名人になる。そして、彼女のベッドの上の天井には亀裂さえあり、彼女はそれに象徴的意味を与える。わたしの短篇の影響があったとは思わない。そのようなアイディアは、同じ構想を展開させるどんな作家の頭にも容易に浮かぶものであり、わたしの短篇が最初に載った、一九六六年の『デイリー・テレグラフ』の付録の『ウィークエンド・テレグラフ』を、当時十九歳のスー・タウンゼンドが読んでいたとは甚だ考え難い。

「けち」は、もともとはラジオのために書かれ、一九七〇年代にBBCで放送された（正確にいつかは思い出せない）。この短篇は、戦後一年か二年の、わたしの子供時代の個人的経験にもとづいているが——友達とわたしは、ゴルフ場の小屋で、奇蹟的にも戦前の花火を売っている老人を実際に見つけた——結末は、わたしの創ったものである。わたしはこの短篇を、わたしの小説『防空壕を出て』（一九七〇年）の主人公、ティモシー・ヤングの幼年期のひと齣《こま》であるかのように書いた。その小説のあとに書いたのだが。その小説の最初の部分同様、文体はジェイムズ・ジョイスの『若い芸術家の肖像』の初めの数章と、短篇集『ダブリン市民』の子供時代を描いた短篇を真似ている。その短篇では、何もかもが、もっぱら未熟な中心人物の意識を通して描かれている。

「わたしの初仕事」は、一九八〇年に最初に発表された。やはり、わたしの十代の頃のエピソードの思い出にもとづいている——わたしが十七歳で、中等学校を出て大学に入るまでの休暇中にした仕事にまつわる話だ。わたしは成人の語り手を、わたしがやがてなった小説家、文芸批評家ではなく、社会学者にした。それは、物語の社会的、経済的な皮肉を浮き彫りにし、語り手に、わたしとは違う家庭環境を与えるためだ。ホスキンズ氏の麻痺した唇を持ち上げている小さな金鎖は、わたしの子供時代の友達の父親から拝借した。それは当時、わたしにとっては魅惑的なもので、ほかの誰かがそういうものを使っているのを見たことはない。

「気候が蒸し暑いところ」は一九八七年に最初発表されたが、草稿は、その数年前に書かれた。そして、時間的にさらに前のことを描いている。六〇年代と七〇年代の性革命がイギリス社会に定着すると、旅行代理店は、十八歳から三十歳までの年齢層をターゲットに、地中海でのパッケージツアーの宣伝を始めた。それは、参加しようとする者に、太陽、砂浜、サングリアだけではなく、乱交の無制限の機会をも約束していた。こうした宣伝が呼び起こした光景と、性に寛大な社会《パーミッシヴ・ソサエティー》が到来する前に、わたしが学生時代に外国で過ごした休暇の思い出とを、皮肉な（そして、おそらく羨望に満ちた）目で比較し、一九五〇年代に地中海の太陽のもとで休暇を過ごすことになった四人の若いイギリス人のあいだで、一時的に熱病状態にまで高まった性的フラストレーションの喜劇的なカドリールを書いた。

「オテル・デ・ブーブズ」のテーマも似ているが、物語と執筆時期は一九八〇年代で、登場人物は中年である。一九八五年、妻とわたしは南フランスに短い休暇旅行に出掛け、いくつかの快適なホテルに泊まった。どのホテルにもプールがあった。そうしたプールの縁で日光浴をしている女性泊まり客の大方は、当然のこととして、水着のトップを外しているか、巻き下ろしているかだった。(このやり方は、今ではあまり流行っていない。)わたしの世代の異性愛者である英国人男性は、その光景に無関心ではいられなかった。それにまったく気づいていないふりをするのがエチケットだったが。そうした状況で女性の乳房が露《あらわ》になる場合の、逆説的な暗黙の礼儀作法が、この短篇を書く一つの動機だった。もう一つの動機は、グレアム・グリーンに関係している奇妙な事件である。

わたしはグリーンにイギリスで二度会ったことがあり、時折彼と文通した。彼の小説は、若い時代と成人になりたての頃のわたし自身の小説に非常に大きな影響を与えた。彼は、わたしの二つの小説のカバーに、親切にも推薦の言葉を書いてくれた。そして、機会があったらコートダジュールのアンティーブにある自宅に来るようにと言ってくれた。わたしは、妻との休暇旅行の最初に、招待を受けることにした。マリーナを見渡す簡素なフラットでジントニックを出してくれてから、彼はわたしたちを臨港のレストランでの昼食に連れて行った。そして自分の人生と作品について、自由に、かつ面白く話した。

わたしは、グリーンに会った思い出を書き留めておかねばならないように思われ、翌日、例によって露な乳房に囲まれた、田舎のプロヴァンスのホテルのプールサイドに坐って、それを書いていた。すると突如、小さな旋風がホテルの敷地を吹き抜け、椅子、テーブル、パラソルを引っくり返し、わたしの原稿すべてを空中高く巻き上げて田園の方に運び去ってしまった。わたしは、失くしてしまうのではないかとうろたえ、また、妻に促され、妻と一緒にレンタカーに飛び乗り、ひらひら飛んでいる原稿を一キロか二キロ追い駆けた。とうとう原稿が、私有地と思われる丘の樹木のあいだに落ちるのを見た。くねくね曲がっている小道を辿って行くと、わたしたちは今にも倒れそうな大きな家の前に出た。一人の婦人がベランダのテーブルの前に坐っていた——何か書き物をしながら。わたしは、自分が夢の中にいるような、あるいは、ブニュエルの映画の中にいるような気がした。その家は、パリ在住の学者のための一種の隠れ家だということがわかった。婦人は、その一人だったのである。彼女は非常に魅力的な人物で、なぜわたしたちがその敷地に現われたのかを説明すると、面白がった。彼女は、原稿が落ちるのを見た丘の中腹に、わたしたちを案内した。そして、驚くべきことに、わたしたちは数頁の原稿を取り戻した。やや汚れてはいたものの、それでも判読できた。この奇妙な冒険と、トップレスでの日光浴についてのわたしの考察から、この短篇「オテル・デ・ブーブズ」が生まれた。

わたしはイギリスに戻ってから、もてなしを受けたことに感謝する手紙をグリーンに書いたが、小さな旋風事件《プティ・ミストラル》のことを書きたいという誘惑には抗《あらが》った。それは確かに彼を面白がらせただろうが、二人の会話を思い出して書き留めたことを白状したくなかった。そうする許可を貰っていないからだ。おそらく彼は気にしなかっただろうが、わたしが非常に大事にしていた二人の関係を損なう危険を冒したくはなかった。

「田園交響曲」は、一九九二年にBBCラジオから委嘱されたものである。クラシック音楽の演奏会の中休みに放送される一連の短篇として。何人かの作家が、有名な交響曲と協奏曲のリストを見せられ、その一つと関連のあるオリジナルの短篇を書くよう依頼された。そのリストにベートーヴェンの第六交響曲「田園」があるのを見て、わたしは、自分が属していたロンドン南東のカトリックの教区のために、若い時に自分で脚本を書いて演出したキリスト降誕劇を思い出した。その劇の中で、「牧人の歌」が付随音楽として使われたのである。数年後わたしは、その同じ経験（実際の経験は、わたしの回想録『生まれるにはなかなか良い時』に書かれている）にもとづいたエピソードを『恋愛療法』という長篇小説に書いた。わたしの作品の愛読者は、同じ出来事が二つのフィクションでどんな具合に似ているのか、また、異なっているのかを調べてみると面白いかもしれない。

最後の二つの作品は、ごく最近書かれたものである。「記憶に残る結婚式」は、今世紀のバーミンガムとその周辺が舞台である。わたしはバーミンガムに、その最古の（そして、当時は唯一の）大学の助講師に任命された一九六〇年以来住んでいる。バーミンガムは、その当時からは大きく変化し、ほかのイギリスの工業都市同様、その中心部は再開発され、サービス産業、レジャー施設、さまざまな快楽追求の場が出来た。快楽追求には旨い食事が含まれる（それは、わたしが初めてここに来た時には、滑稽なほど場違いに思えただろう考えである）。これまでの諸短篇と異なり、この話は場所以外、わたし自身の経験にもとづくものは何も含まれていない。基本的アイディアは、何人かの友人から聞いた、あるエピソードから生まれた。それは、彼らがほんの少し知っている、イギリスのほかのところに住んでいるある家族に関するものである。その家族の娘が婚約し、大掛かりで多額の費用をかけた結婚式の用意が整ったが、招待状が出されたあとで、理由はわからないが、婚約が破棄された。ところが、その若い女は、決められた日時に決められた場所で、ほかの誰かと結婚した。わたしの友人たちは結婚式に列席していなかったので、それ以上の細かいことは知らなかった。そういう結婚がどのようにして実現したのかを想像するのが、小説家への一種のチャレンジと、わたしは見なした。その結果が「記憶に残る結婚式」である。

明らかに、この短篇は若い女の物語であり、明らかに、彼女は世の中を自分の思い通りに曲げようと決心した意志強固な女でなければならなかった。わたしは彼女が、謙虚であることを学んで己《おのれ》を知ったあとで初めて「ふさわしい男《ミスター・ライト》」に恵まれる、オースティンのヒロインとわずかに似ていることを示唆しようと、彼女にエマという名前を付けた。彼女の年代と階級の性的規範は、本書のほかの短篇で描いたそれとは異なる。同棲は、今では若い世代から当然と思われているライフスタイルで、年長者からもしぶしぶ受け入れられているが、どんな場合であれ、同棲期間が長くなればなるほど、結婚するかどうかが問題になる。特に女にとって。そして、結婚しているカップルの場合同様、こうした種類の関係においても、不貞は、ほとんど同じくらい重大な裏切り行為である。当節結婚式は、一定期間性的パートナーだった者同士が挙げるものなので、通過儀礼としての伝統的な意味の多くを失っている——したがって、結婚式を演劇的なものにするため、ますます時間と手間と金をふんだんにかけるのであろう。(わたしの購読している日刊紙に、こういう記事があった。「教会の通路を飛んで、結婚指輪を届けるように訓練した梟《ふくろう》を注文するカップルには、一人の花婿付添人ではもはや足りないのである」)。自分の結婚式のプロデューサーを自ら買って出たエマ・ドブソンは、大変な労力を注ぎ込んだショーは、たとえ土壇場で花婿の配役を替えなくてはならないとしても、続けねばならないと決意する。彼女が窮地をうまく切り抜けることができたのは幸いである。

「わたしの死んだ女房」は、この中で最も新しい短篇で、『アレテ』の二〇一五年秋季号に載った。『アレテ』は少数の、選ばれた読者を持つ文芸誌で、クレイグ・レインによって、わずかな資金で編集、出版されている。この短篇は、わたしが、こう考えたことから生まれた。ロバート・ブラウニングの詩「わたしの亡き公爵夫人」は、なかんずく完璧な短篇小説であり、現代の文脈での短篇のモデルになるかもしれない。それは元の詩と面白い対照を成すであろう——パロディーとしてではなく、オマージュとして。「**そこの壁に懸かっているのが、わたしの死んだ女房さ**」という一行が頭に浮かび、そこから書き始めた。ブラウニングの最初の一行は、実際には「**あれが、わたしの亡き公爵夫人ですよ、壁に描かれているのが**」で、公爵夫人の肖像は壁画かフレスコ画だが、わたしは自分の現代版では、壁に懸かった大きな額入りの写真を想像した。

一八四二年に最初に発表された「わたしの亡き公爵夫人」は劇的独白で、ブラウニングは、その詩形の最高の主唱者だった。そして、それを多くの歴史的な主題、同時代の主題に適用した。それは、会話をしている二人の人間の片方の独白で、単なる独白(わたしの短篇「田園交響曲」のような)とは異なるので、読者は、話し手の言葉に対する相手の答えと反応を推測しなければならない。それは、読者に求められる解釈の努力を非常に増し、この詩の場合には、状況の真の性格が現われると、劇的緊迫感が高まる。「わたしの死んだ女房」はそれだけで完全な短篇小説であるけれども、読者がブラウニングの詩との関係を意識することによって、面白さが増すことをわたしは願っている。「わたしの亡き公爵夫人」は有名で、大いに賞讃されている詩で、学校、コレッジ、大学で頻繁に研究されている。しかし、避け難いことだが、わたしの読者の中には、その詩に馴染みがない者がいるだろうし、馴染みのある者でさえ、細部をすべて思い起こすことはできないであろう。その両者の便宜のために、ロバート・ブラウニングの詩の全文を載せた。題名の次の「フェッラーラ」は、この物語の舞台である、彼の大好きだった、イタリアのルネサンス期に文化の中心地として栄えた都市である。話し手は、フェッラーラ公爵アルフォンソ二世（一五三三―一九八）をモデルにしていると考えられていて、フェッラーラ公爵はトスカーナ大公コジモ一世の十四歳の娘と、持参金目当てで結婚した。コジモ一世の家系はフェッラーラ公爵より劣っていた。フェッラーラ公爵は、二年後に妻を毒殺したのではないかと疑われた。

わたしの亡き公爵夫人

フェッラーラ

あれが、わたしの亡き公爵夫人ですよ、壁に描かれているのが。
まるで生きているようだ。あれは素晴らしい作品だ。

修道士《フラ》パンドルフの手が、毎日せわしなく動き、
それで今、彼女があそこに立っているんです。
お掛けになって、彼女をよく見て下さい。
「フラ・パンドルフ」と、わざわざ言ったのは、
あなたのような客人は、あの描かれた容貌、
あの真剣な眼差しの深さと情熱を読み取ると、必ずわたしに向かい
（あなたのために壁のカーテンを開けましたが、そうできるのはわたしだけなので）、
こう訊きたがるように見えるからなんです（その勇気があればですが）、
なんで、あんな眼差しをしているんですと。だから、わたしの方を向いてそう訊くのは、
あなたが最初じゃない。そう、公爵夫人が頬にあの歓喜の色を浮かべたのは、
夫がそばにいたからだけじゃない。おそらく、
フラ・パンドルフが、たまたま、こう言ったのでしょう、「ショールが
奥方様の手首を隠してしまっています」とか、「絵具では、
奥方様の喉に沿って消えてゆく、ほんのりとした赤みを再現することなど
とても望めません」。そうした言葉は愛想と彼女は考え、
すぐに歓喜の色を浮かべた。彼女は、
なんと言ったらいいのか、すぐに嬉しがる、

たやすく感心してしまう性《さが》を持っていた。彼女は、見たものはなんでも気に入った、そして、あらゆるものに目を遣《や》った。何もかも一緒くただった！　わたしの贈った胸飾り、西に沈みゆく太陽、どこかのおせっかいの馬鹿が、果樹園で手折ってきた桜桃の枝、彼女が庭園で乗り回した白い騾馬《らば》——そのどれにも、彼女はひとしく褒め言葉を呈した、あるいは、少なくとも頬を紅潮させた。彼女は人に感謝した——いやはや！　しかし、その感謝の仕方は、どういう訳かは知らないが、九百年続くわたしの家名という贈り物を、有象無象の贈り物とひとしなみに考えているかのようだった。一体誰が、そうした無分別な振る舞いを、身を屈してわざわざ咎《とが》めるだろうか？弁舌爽やかだったとして——わたしは、そうではないが——そういう人間に対し、自分の意思をはっきりさせ、「お前の、まさにこれ、あるいは、あれがわたしをうんざりさせる。この点でお前は欠けている、あるいは、その点では行き過ぎだ」と言ったとしても——そして、もし彼女が言うことを聞き、露骨にこっちを言い負かそうと知恵を絞ったりせず、言い訳をしたとしても——

それでも、それは身を屈したことになるだろう。わたしは、決して
身を屈することはしない。いや、あなた、わたしが通りかかった時は、
むろん彼女は必ず微笑んだ、しかし、誰が通りかかっても、
彼女は同じように微笑んだ。それが次第にひどくなった。わたしは命じた。
すると、微笑みは、すっかり消えた。そこに、彼女は立っている、
まるで生きているかのように。お立ちになりませんか？　階下《した》に行って、
みんなに会いましょう。繰り返しますが、
あなたのご主人の伯爵の、世に知られた気前のよさが、
持参金に対するわたしの正当な要求が却下されることはないのを
充分に保証していますよ。
もっとも、わたしが公言したように、伯爵の美しいお嬢さんこそが、
そもそもわたしの第一の目的なのですが。いやいや、一緒に
階下《した》に行きましょう。でも、行く前に海神《ネプチューン》を見て下さい、
海馬を手なずけているところです。珍品と思われていますが、
インスブルックのクラウスが青銅で鋳造してくれたんですよ！

起きようとしない男のために――デイヴィッド・ロッジへのオマージュ

フィリピーヌ・アーマン

読者の、自分が読んで愛した物語に対する反応の仕方は、それぞれ違った形をとる。わたしの場合は一点の家具である。「起きようとしない男のために」は、名祖《なおや》の短篇に対して反応したものである。そして、デイヴィッド・ロッジの熱意に溢れるイニシャティヴのおかげで、文学とデザインのこの共同作業の結果、バーミンガムのアイコン・ギャラリーで展示会が催され、さらに、わたしが出会ったこの短篇が入った、新しい本が生まれることになったのである。

「起きようとしない男」は、人生に飽き、毎朝起きて果てしなく同じ生活をするのに飽き、ある朝、自分は「このことだけしか愛していない――ベッドに横になっていること」と悟って、起き上がるのをまったく拒否する男の話である。ヒーロー、むしろアンチ・ヒーローは、ベッドの中にとどまるという計画を、やがて実行する。彼は地元で束の間の有名人になり、数ヵ月経つと、ついにベッドから出たくなるが時すでに遅しで、その頃には起き上がれないほど衰弱してしまっている。

この短篇は、わたしの想像力に非常に鮮烈なインパクトを与えた。そして、起きようとしない物語の男にすっかり同情したので、わたしたちみんなの中に密かに存在しているこの登場人物のために、お誂えの家具を作ってあげたいという気持ちが湧いた。つまり、これまでの家具の世界にはない、快適に横たわりながら物が読め、仕事ができる、ベッドと椅子と机を一つに併せたものが作りたいと思ったのである。したがって、「起きようとしない男のために」は家具のハイブリッドで、新しいタイプのものである。いわば、机の上に片持ち（一端を固定し、他端を自由にした状態）になっている安楽椅子《ラウンジャー》である。この「ラウンジャー＝デスク」（新語が必要である）は、適切な人間工学的構造を持ち、通常マッサージ台に見られる「フェイス・ホール」の原理を用いている。その結果使用者は、俯《うつぶ》せになって物を読み、仕事ができるので、「ベッドにいる」と同時に「職場にいる」ことが可能である。

ラウンジャー＝デスクは、垂直性が仕事と長いあいだ結びつけられ、一方、水平性がもっぱら怠惰と結びつけられ、きつい労働を神聖化しているわたしたちの資本主義社会においては、きわめて否定的に見られていることに疑問を投げかけるものである。「起きようとしない男」は、第三次産業が生み出したアンチ・ヒーローの架空のモデルと見てよかろう。仕事や学校に行かねばならない時にベッドにそのままいたいという誘惑は普遍的なものである。現代社会の超生産的理想に対する、ごく小さな反乱である。安全で、温かく、子宮のような環境にとどまりたいという、退行的衝動である。だがそれは、起きようとする決意、あるいは起きないことの罪悪感によって損なわれる。ラウンジャー＝デスクは、そのジレンマの解決になるだろう。なぜなら、それはユニークなスペースの中で、仕事の領域と家庭の領域、机とベッドを融和させることを目的にしているからである。そして、フランスのシュールレアリストの詩人アンドレ・ブルトンに対する、工芸品という形での一つの答えになりうるだろう。ブルトンは、「行為と夢の修復不能の分離という、憂鬱な考えを克服する」よう、わたしたちに呼びかけた（『通底器』、一九三二年）。

「起きようとしない男のために」は、ユートピア的家具と見られるかもしれないが、椅子／机の支配と対になっている第三次産業が生んだ姿勢の問題に対する、重要な人間工学的な一つの答えである。典型的な西欧の生活様式において、わたしたちの大方は、この短篇の主人公のように、狭苦しい事務室で、毎日「八時間」の苦役に服している。そして、その時間の大半は、坐って過ごしている。それも大抵、悪い姿勢で。背中の下部の急性および慢性の痛みと、その他の多くの不調が悪い姿勢の当然の結果であり、それが欠勤する主な理由の一つである。

人間の背骨は、特に人間が立っている時の姿勢を支えるように出来ているのであって、九〇度の角度で坐っている姿勢を支えるように出来ているのではない。わたしたちが椅子に坐ると、いくつかのことが起こる――軀幹を支える背筋と腹筋が緩むので、安定性を埋め合わせ、重力と闘うため、わたしたちはすぐに前傾姿勢になる。すると、腰椎前彎《わん》（凹状）が平らになるか、さらには逆になって後彎（凸状）状態になるかするが、脊柱彎曲を保つために、上体を真っすぐにした「理想的な」姿勢を絶えず保つのは、背筋と三角筋にとって非常な負担であろう。わたしたちは坐ると、体重の大半が二つの小さな坐骨に載るので、圧力を取り除くために、一方の坐骨からもう一方の坐骨に絶えず体重を移さねばならず、その結果背骨が非対称になる。加えてわたしたちが坐ると、血流は腿に圧迫され、脚の下部に溜まる傾向がある。そのためわたしたちは、脚がむくむのを防ごうと、絶えずもじもじする。実際わたしたちは、椅子本来の正当性に疑問を投げかける代わりに、椅子の欠点を補うのが非常にうまくなった。ただ、最も厚い詰め物でさえ、その欠点を相殺することは、ほとんどできないが。

ラウンジャー＝デスクのデザインは、そうした欠点を解決することを目的にしている。それが水平であることで体重は均等に分散され、安定性は重力によって容易に保証され、背骨の彎曲は保持され（一四二度の台の角度は、背骨の角度とほぼ同じである）、さらには、足が上がっているので鬱血することはない。マッサージ台に乗っている場合同様、わたしたちは俯せに、かつ対称的に横たわることができ、穴を通して、「机」の部分に置かれた文書を読むことができ、腕は両側に快適な角度で垂れていて、手は遊んでいるので、頁をめくったり、書いたり、タイプを打ったりすることができる。もし、そうしたことに関係していない筋肉を休ませる目的で坐る場合、ラウンジャー＝デスクは、従来の椅子より、この機能を効果的に果たす。もちろん、完璧な椅子などというものはないし、完璧な姿勢などというものもない。なぜなら、わたしたちは絶えず動いている必要があるからである。さもなければ、わたしたちは「起きようとしない男」のようになってしまうだろうから！

「起きようとしない男のために」は、詩と暗いユーモアに満ちた素晴らしい冬物語と、実際的で現実的な人間工学的考察から生じた奇妙な産物かもしれない――しかし、「デイヴィッド・ロッジへのオマージュ」という副題が示しているように、この作品はそれ以上に、物語の背後にいる人物、読者としてデザイナーとしてのわたしにきわめて大きな影響を及ぼした人物に対するお礼の贈り物なのである。

訳者あとがき

『起きようとしない男　その他の短篇』は、大学を舞台にしたコミック・ノヴェルの名手として不動の地位を築いた、現代のイギリス文学の代表的存在である、今年八十二歳のデイヴィッド・ロッジの初の短篇集である。イギリスのフリーランスのジャーナリストで書評家のカール・ウィルキンソンは、二〇一六年十月二十二日付の『フィナンシャル・タイムズ』で、本書を次のように評している。「デイヴィッド・ロッジは、戦後の英国のある種の社会階層を、皮肉な目で文学的に研究した作品を書くのに傑出している。その最も注目すべき作品は、ブッカー賞最終候補の『小さな世界』と『素敵な仕事』である。ロッジは、その全作品において、それぞれの登場人物を際立たせる効果的な細部に対する鋭敏な目と耳を持っていることを証明している。したがって、現在八十一歳のロッジが、八篇の短篇小説を収めた最初の短篇集を、今になってやっと出したというのは、いささか驚くべきことだろう。短篇小説は、彼にまさしくぴったり合った形式のように思われる」。そしてウィルキンソンは、ロッジの短篇がグレアム・グリーンの短篇に劣らぬ優れたものだと評し、ロッジの「けち」とグリーンの「破壊者」とを対比させている（「破壊者」の悪童たちは、「けち」のおとなしい少年たちとは大違いで、独り暮らしの老人の家を徹底的に破壊してしまう）。本書の各短篇が書かれた経緯については、ロッジ自身が「あとがき」で詳しく「解説」している。短篇のほとんどが、作者自身の経験に直接的、間接的にもとづいているというのは興味深い。

ロッジは二〇一五年、『生まれるにはなかなか良い時　回想録——一九三五年～一九七五年』（*Quite a Good Time to Be Born —— A Memoir: 1935–1975*）と題した、四十歳までの自伝を発表した。「生まれるにはなかなか良い時」というのは、第二次世界大戦の少し前に生まれ、その後の社会の大変動を経験したのは作家として幸いだったという意味である。デイヴィッド・ロッジは一九三五年一月二十八日に、南ロンドンの「中産階級の下」の者が多く暮らす地区、イースト・ダリッジのグローヴ・ヴェイルに住むカトリック教徒の両親のもとに生まれた（ただし、呱々《ここ》の声を上げたのは、ロッジ自身にも理由がわからないのだが、ロンドンのブルームズベリーのブランズウィック広場にあった私立助産院においてだった）。その後、一九三六年に両親は、やはりイースト・ダリッジのブロックリーに家を買って移り住んだ。ロッジ一族はイングランド北部のヨークシャーで繊維関係の仕事に従事していたが、ロッジの高祖父は十九世紀半ばにロンドンに出てきて、事務員になった。母の父はアイルランドからの移民の息子で、母方の祖母の両親はベルギーからの移民だった。ロッジの一家には、父方の曽祖父か曽祖母はユダヤ人だったという言い伝えがあり、ロッジは自分のユーモア感覚がウディ・アレンのそれに似ていると言われるのを誇りにしているので、家系研究家に頼んで調べてもらったが、確かなことは判明しなかった。いずれにしろロッジには、アイルランド人、ベルギー人の血も流れているのである。

父は正規な音楽教育は受けなかったが、独学でサキソフォンとクラリネットを習得し、ダンスバンドの楽士になった。ヴァイオリンも巧みに弾いたという。父は戦時中、空軍の軍楽隊に入った。一九四〇年にドイツ軍の空襲が激しくなると、ロッジは母と一緒にロンドンの南三十数マイルのサリー州に疎開し、一時尼僧の学校に通った。

戦後ロッジは、中等教育の授業料を基本的に無償にするという一九四四年制定の教育法の恩恵を受け、カトリック系のグラマー・スクールに学んだ。十四歳の時、マラキー・キャロルという英語教師に出会い、強い影響を受け、グレアム・グリーン、イーヴリン・ウォー、ジェローム・K・ジェロームなどの作品を読み、キャロルの推薦で、エッセイと短篇小説が校内雑誌に掲載された。ロッジは十六歳の夏、ハイデルベルクにいる叔母のもとに、一人で旅をした(その経験から『防空壕を出て』が生まれた)。

ロッジ自身は、グラマー・スクールを出たら新聞記者になろうと漠然と考えていた。当時は、新聞記者になるには、中等教育を終えた段階で地方紙の見習い記者になり、運が良ければロンドンに来るというのが通例だった。しかし母は、息子が成績優秀だったので校長に相談した。校長もロッジの才能を惜しみ、大学進学を強く勧めた。

ロッジは一九五二年、ロンドン大学ユニヴァーシティー・コレッジの英文科に入った。そして、新入生に対するガイダンスの日に、将来の妻になる、九ヵ月年上のメアリー・ジェイコブに出会った。「彼女の容貌は欠点がなく、ブロンドの髪をポニーテールにしていて、姿が良かった」。彼女はアイルランドからの移民の両親の娘だったが、かつての国家奨学金を獲得した才媛で、やはりカトリック教徒だった。ロッジは十六歳の時、ふとしたことで知り合った、会社の電話交換手の少女ペギーとキスするほどの仲になっていたが、メアリーが新しいガールフレンドになると、そのことを正直にペギーに打ち明けた。

大学での最初の学期の授業は、当時の風潮で、古期英語が重視され、十七世紀以降の散文についての講義はなく、古文書学、書風の歴史的研究(特に草書体)、本の印刷と製本の歴史、地名の語源などが主な授業内容だったのでロッジは失望したが、実はロンドン大学の英文科は、オックスフォード、ケンブリッジに次いで優れたものだった。ロッジは二年目に、三十代の講師ウィニフレッド・ノウォトニーのシェイクスピアに関する講義を聴き、分析的文芸批評に深い感銘を受け、知的興奮を覚えた。そして、競争率の高かった彼女の一対一のチュートリアルで指導を受け、二週間に一回レポートを提出した（テーマは学生が選んだ）。彼女は夫と死別し、晩年は隠棲して孤独死を遂げた。彼女は優れた評論集『詩人が使う言語』を一九六二年に出版し、ロッジはカトリックの週刊誌『タブレット』で、それを好意的に書評して恩に報いた。

ロッジは大学一年生の時、十六歳の少年を主人公にした自伝的小説『悪魔と現世と肉体』を書き、グラマー・スクール時代の恩師の仲介で、ある出版社に送ったが、将来性は認められたものの、出版には至らなかった。それは、きわめて宗教色の強いものだった。

ロッジは、三年生の首席に与えられるモーリー賞（十九世紀のロンドン大学教授のヘンリー・モーリーを記念して作られた賞）を受賞し、モーリーのブロンズ像と五ポンドを貰った。賞金は本に使う決まりになっていたので、ロッジは『簡約《ショーター》オックスフォード英語辞典』を買った。彼はファーストの成績で卒業し、自動的に大学院に進める資格を取得した。だが彼は、その前に二年間の国民兵役に服した（国民兵役は一九六〇年に廃止になった）。有能だったので士官候補になったが、そのコースに進むのを断った。兵役に服しているあいだにカトリック作家に関するエッセイを書き、ロンドン大学から賞を貰った。

一九五九年、ロッジは二十四歳で結婚したが、修士論文を書きに毎日スクーターで大英博物館に通った。そして、カトリック作家研究の論文（『オックスフォード運動から現代に至るイギリスのカトリック小説』という題の七百頁を超える長大な論文）で一九五九年に修士号を取得した（ＰｈＤは一九六七年に取得）。彼は、なんとかして大学の教員になろうと、ロンドン大学キングズ・コレッジ、バンガー大学、キール大学、ハル大学、バーミンガム大学の英文科の助講師や研究助手の公募に応じ、ほとんどの場合最終候補に残ったものの、ことごとく不採用だった。メアリーがテクニカル・スクール（技術教育を中心にする公立中等学校）で英語とフランス語の教師になり、生活費を稼いだ。ロッジは、やむなくブリティッシュ・カウンシルの海外留学生センターの助手になった（最初の仕事は留学生に英語を教えることではなく、コイン式のガスの使い方、トイレの使い方、燻製鰊《にしん》の食べ方などを教えることだった）。ロッジは、自分が大学の助講師や研究助手になれなかった大きな理由は、当時は大学の数が次の十年と違い少なかったのに加え、大学教員の「就職戦線《ジョブ・マーケット》」が「引き立て」と「個人的縁故」に裏で支配されていたことだと言っている。さらに、ロッジの当時の研究対象がカトリック作家だったことも一因と考えられると、彼は書いている。当時は、グレアム・グリーンやイーヴリン・ウォーさえも、大学の英文学の世界では「メジャー」な作家とは見なされていなかった。ロッジは一九六〇年、処女作『映画ファン』の出版に成功した。それはいくつかの新聞で好意的に書評されたものの、それで経済的に潤った訳ではなかった。彼は大学の教員の公募に応ずる際、自分の小説が出版されるということを履歴書に書かなかった。当時の大学の保守的な風潮を考えると、大学教員が小説を書くというのは不利に働くのではないかと考えたからである。

一九六〇年、ロッジは大学の教員になるのを諦め、テクニカル・スクールの教師になることを本気で考えていたが、まさにその時、一年契約ということで、やっと大学に職を得た。バーミンガム大学の臨時助講師になったのである。幸い、その後正式な講師になって生活の安定を手にした。そして一九六二年に『赤毛よ、お前は阿呆だ』を出し、一九六四年にハークネス奨学金を得て、妻と長男、長女も一緒に一年間アメリカに滞在し、その間に『大英博物館が倒れる』を書いた。ロッジの人生は順風満帆に見えたが、一九六六年、ダウン症の次男が生まれるという不運に見舞われた。「わたしにとって、それは深刻なショックだった。わたしは、わたしと家族を、充足、快楽、幸福の一層高いレベルに運んでいるエスカレーターに乗っているものと思っていた。すると、それは突然止まってしまったのだ。わたしが将来について漠然と抱いていたヴィジョンには、精神薄弱の子供の面倒を見るということは含まれていなかった」とロッジは自伝に記している。最初は打ちのめされていた夫婦は、やがて、次男のクリストファーにできるだけ正常な生活をさせようと決心する。

不幸を乗り越えたロッジは、その後、創作と評論の分野で目覚ましい活躍をし、一九七〇年に『防空壕を出て』を、一九七五年、四十歳の時、名作『交換教授』を世に出した。『交換教授』はロッジを一躍世界的な作家にした作品で、ロッジ自身、こう述べている。「『交換教授』は、疑いもなくわたしの〝ブレイクスルー〟の作品で、文壇におけるわたしの知名度を高めた」

（『生まれるにはなかなか良い時』は、ここで終わっているが、後篇『作家の運』はすでに完成していて、二〇一八年の初頭に出版されることになっている。前篇と後篇を合わせて千頁に近いというのは、近年の作家の自伝としては異例と言えよう。）

その後ロッジは、大学を舞台にしたコミカルなキャンパス・ノヴェルの力作を次々に発表した。ロッジはバーミンガム大学の英文科の教授になったが、創作に専念するためと、難聴になったせいとで一九八七年に早期退職し、「オナラリー・プロフェッサー」の称号を与えられた。そして、同大の規定の定年退職の齢に達した時、名誉教授《エメリタス・プロフェッサー》になった。ロッジは一九九七年にフランスの芸術文化勲章シュヴァリエを受賞し（ロッジの小説はフランスでも根強い人気があり、ほとんどすべての作品が仏訳されている）、そして翌年、大英帝国勲爵士に叙せられた。また彼は、王立文学協会の会員でもある。

ちなみに、ロッジの肖像画がバーミンガム大学の新しい図書館のホールに飾られることになり、二〇一六年十一月二十三日に、その除幕式が同ホールで行われた。その肖像画はバーミンガム大学の副学長（学長は名誉職）が、エリザベス女王の肖像画も描いた著名な肖像画家、ジェイムズ・ロイドに委嘱したものである。いくつものキャンパス・ノヴェルで大学と大学教員を痛烈に諷刺した作家の肖像画を大学に飾るというのは、ユーモアの国、イギリスならではである。（ロッジ自身、『交換教授』を出した時、バーミンガム大学の同僚が不快に思うのではないかと心配した。）この肖像画の右上の隅に、二〇〇〇年にトム・フィリップが描いたロッジの肖像画が描き込まれていて（その肖像画では、ロッジはまだ口髭を蓄えていない）ダブル・ポートレートになっているが、ロイドは、十数年の「時間と加齢」の経過を強調するためにそうしたとのことである。

　ロッジの自伝が完成したのを機に、彼の小説のすべてについて簡単に触れておきたい。ちなみに、邦訳は『素敵な仕事』（大和書房刊）以外、すべて白水社から刊行されている。

『映画ファン』（一九六〇年。本邦未訳）。舞台は、ロックンロール全盛期の一九五〇年代のロンドンの侘しい郊外、ブリックリー（ロッジがかつて住んでいたブロックリーがモデル）で、昔は演芸館《ミュージック・ホール》として繁盛したが、今ではすっかりさびれた映画館になっている〈パラディウム〉に、もっぱら土曜日にやってくる地元の人々の人間模様を描いた作品である。登場人物は十七人だが、中心人物は、ロンドン大学英文科の学生のマークと、マークが下宿している家の長女クレアである。クレアは修道院の修練女だったが、年下の修練女とのレスビアン関係を疑われ、追放される。信仰心は失ってはいないが、普通の結婚に憧れている。マークはカトリックの家庭に生まれて小説家を志望しているが、どの原稿も出版社から戻されて鬱屈している。マークは魅力的なクレアに惹かれ、クレアも彼と肉体的に結ばれることを願うようになる。しかしマークは、一九四八年にロンドン大学の学生が始めた「学生十字架《スチューデント・クロス》」、つまり、巨大な十字架を、約百二十マイル先のウォルシンガムの聖母聖堂まで三人ずつ交代で運ぶという、一種のカトリック信仰復活運動に加わったのがきっかけで、すっかり失っていたカトリック信仰に再び目覚め、神父になる決意を固めて、クレアの家を出る……。暗い、いわば短調のこの小説は、エピローグで、ふとしたことからクレアが貧しい新婚夫婦を経済的に助けるというエピソードによって、不意に明るい長調に変わる。見事な「ロッジ・エンディング」である。キングズリー・エイミスは『オブザーヴァー』紙上で、「鋭く、リアルである。これは個性的な処女作である」と『映画ファン』を評した。

『赤毛よ、お前は阿呆だ』(一九六二年。本邦未訳)。ロッジの国民兵役の体験をもとにした自伝的要素の濃い小説である。一種の反軍隊小説とも言える。作者同様、ロンドン大学の英文科を首席で卒業し、愚昧で嗜虐的な上官や、無意味な規則だらけの軍隊生活に要領よくなんとか適応する語り手のジョナサン・ブラウンと、無益な反抗をして営倉に入れられるが脱走し、やがてＩＲＡの仲間とキャンプの武器庫を襲って五年の刑に服するアイルランド人のマイケル・ブレイディー(ブラウンとロンドン大学で同期だったが、遊び呆けていて、卒業できなかった)を対照的に描いた、ほろ苦い結末の作品である。クリストファー・リックスは『ニュー・ステーツマン』で、「国民兵役の汚れた虚しさを忠実に描写している」と評している。

『大英博物館が倒れる』(一九六五年)。これは、まだ二十五歳なのに、器具や薬での避妊が許されないカトリック教徒ゆえにすでに三人の子持ちで、四人目も生まれるのではないかと思い悩んでいる大学院生アダム・アプルビーが、いつものように大英博物館の閲覧室で完成の見込みのない博士論文を書きにスクーターで出掛けた、十一月の霧の深い日に遭遇する一連の珍無類な事件を描いたコミカルな作品である。また、この作品では、ヴァージニア・ウルフ、コンラッド、グレアム・グリーンなどの十の文体のパロディーが試みられている。殊にエピローグは、ジョイスの『ユリシーズ』のモリーの独白の文体模写になっている。ロッジは大学生時代に『ユリシーズ』を読み、深い感銘を受けた。

それについて、「わがジョイス」というエッセイを書いている。またロッジは『大英博物館が倒れる』について、こう述べている。「この作品は笑劇《ファルス》の要素と多種多様なパロディーを一つにしたものである。わたしは今後、コミック・ノヴェルをもっと書こうと思う。コミック・ノヴェルなら、自由に創意を凝らして文体の効果を工夫することができるからである」

『防空壕を出て』(一九七〇年、本邦未訳)。ロッジは、この小説について次のように語っている。「わたしの次の小説『防空壕を出て』は、十六歳のイギリスの無垢な少年がさまざまな経験をする過程を描いたものである。庇護された子供時代を送った少年は、一九五一年の夏休みに、イギリスの昔からの敵であったドイツに急に行くことになる。姉が働いている、アメリカの占領軍の基地に行くのだ。そこは、物資が潤沢にある、快楽主義的社会だ。『防空壕を出て』は、自伝的な要素を基礎にした一種の教養小説で、ジョイスの『若い芸術家の肖像』と、初期の短篇集『ダブリン市民』に負っているということは、物語が、うぶな心の持ち主を通して展開するけれども(最初の数頁を除き)、成熟した文体で書かれているという点に、はっきりと示されている……しかし『防空壕を出て』は、表面においても深層構造においても、『若い芸術家の肖像』ほどの危険は冒してはいない」。『タイムズ文芸付録』は、この作品を次のように評している。「ロッジは、一種の英米の出会いを見事にドラマ化している。その過程において、非常に秩序立ち、人間的に魅力のある小説を作ったというのは、瞠目すべき成果である」。なお「防空壕《シェルター》」とはアンダーソン式防空壕のことで、第二次世界大戦中にイギリスの家庭の庭に置かれた、なまこ板のプレハブ式爆風除けの小屋で、六人まで入ることができた。貧しい者には無料で配られた。『防空壕を出て』は「思春期小説」の佳作である。

『交換教授』(一九七五年)。これは十数ヵ国語に翻訳され、ロッジを一躍世界的に有名にした作品で、一九七五年度のホーソーンデン賞とヨークシャー・ポスト紙小説賞を受賞した。『ブルックリン』

の作者コルム・トビーンは、『交換教授』を一九五〇年以降のイギリスの小説のベスト二〇〇に挙げている。一九六九年、ジェイン・オースティン研究の権威であるアメリカ人の教授モリス・ザップと、博士号も著書もない、イギリスの地方大学の一介の講師フィリップ・スワローが、ひょんなことから交換教授となって半年間互いにポストを取り換えるが、やがて二人は文化的メンタリティーだけではなく妻も「交換」することになる。コミック・キャンパス・ノヴェルの傑作である。殊に、作中の「屈辱」というゲームは、作品と離れて独り歩きするほど有名になった。「人が自分自身を辱めて勝つゲーム」で、「各人が、自分は読んでいないけれども他人は読んでいるだろうと思われる本の題名を挙げ、読んだ者一人につき一点獲得する」ゲームである。ある教員はなんとかして勝とうと、自分は『ハムレット』を読んでいないと正直に言い、終身在職権を失ってしまう。ロッジは一九六九年にカリフォルニア大学バークリー校の客員教授として再度渡米したが、学生運動の激しかったその時の経験が『交換教授』に生かされている。技法的にも、書簡体小説の章、新聞記事だけの章、映画の脚本のエピローグなど、さまざまな工夫が凝らされている。

『どこまで行けるか』(一九八〇年)。一九八〇年度ホイットブレッド年間最優秀作品賞受賞作品。これは一九五〇年代のイギリスの若者の、カトリック教徒であるがゆえの悩みを描いた作品である。ロッジは、『大英博物館が倒れる』が一九八一年に十六年ぶりに再刊された際に付けた序文で、『どこまで行けるか』の時代背景について書いている。「登場人物たちの世代の、思春期から二十代半ばにかけてカトリックの教えを依然として文字通りに守っていた知的で教養のあるカトリック教徒なら誰しも、一種の実存的契約を結んだのである。つまり、カトリックの形而上学的体系によって安心感と精神的安定を得る代わりに、カトリックの道徳的要請を受け入れたのだ。たとえ、その要請に従うのが実際には非人間的なほどに難しく、辛い場合があろうと。カトリックの形而上学的体系の強みは、まさにそれが包括的で綜合的で非妥協的だという点にあった。その体系の中で育った者には、その一部を疑うことはそのすべてを疑うことであり、その道徳的要請から自分に都合のよいものを勝手に選び、都合が悪くて実行の難しいものは軽んずるというのは、ただもう偽善的なことだったのである」。では、この小説は宗教小説なのだろうか。イギリスの批評家バーナード・レヴィンは『サンデー・タイムズ』紙上で、こう書いている。「デイヴィッド・ロッジのこの新作が、イギリスのカトリック教徒の学生時代から四半世紀にわたる、人工的避妊は許されるか否かについてのみをもっぱら扱ったものだと前もって聞かされていたら……わたしは逃げ出していたことだろう」。しかし、「そうしたなら重大な過ちを犯したことになろう。というのも、この小説は共感の籠もった皮肉に包まれ、数多くの愉快なエピソードが点綴《てんてい》されている面白い小説であるばかりではなく、深く、暗い力に満ち、きわめて瞠目すべき道徳的姿勢に貫かれているからでもある……この小説は初めから終わりまで真にコミックである」。丸谷才一氏も、「いかにもイギリスの作家らしい滑稽な挿話、皮肉な叙述、知的な処理を次から次へとくり出してわれわれを楽しませる」と評している（『山といへば川』）。

『小さな世界──アカデミック・ロマンス』（一九八四年）。これはキャンパス・ノヴェルの類を見ない最高傑作で、一九八四年度のブッカー賞の最終候補作品に選ばれた。『小さな世界』は『交換教授』から十年経った一九七九年の話で、モリス・ザップとフィリップ・スワローが再登場する。この十年間での二人の変貌ぶりは著しく、「旅は見聞を狭める」をモットーにしていたザップは、いまやポスト構造主義者に変身して、世界各地の学会にこまめに顔を出し、スワローも運よく教授に昇進し、ブリティッシュ・カウンシルに請われるまま、やはり世界各地に講演に行く身分になっている。したがって舞台は、英米から、アムステルダム、アンカラ、ローザンヌ、チューリッヒ、フランクフルト、パリ、エルサレム、ホノルル、クイーンズランド、東京、韓国にまで及ぶ。『小さな世界』は、「国際的大学人」と、物見遊山的なお祭り騒ぎの人文学学会を痛烈に諷刺した、空前絶後とも言うべきグローバル・キャンパス・ノヴェルである。ロッジは一九八四年、『リスナー』誌上で、この作品を書くに至った経緯を語っている。それによると、彼自身、一九七〇年代に入って、スワロー同様、主にブリティッシュ・カウンシルの要請で世界各地に講演旅行をしたり各国の学会に出たりするようになって「国際的大学人」の生態をつぶさに観察した結果、「ペルーからシナに至るまでのグローバル・キャンパスをジェット機で遍歴する学者の姿に見られる人間の願望の空しさ」(サミュエル・ジョンソンの詩『人間の願望の空しさ』の冒頭のパロディー)を描こうと決心したのである。『小さな世界』の主人公、アイルランドの若き純朴な大学講師パース・マガリグルは、学会狂の謎の美女アンジェリカを追って東京にまで来るが、ロッジ自身、一九八二年八月、韓国の英語英文学協会が催した「現代英文学」会議で講演するため、ブリティッシュ・カウンシルの後援でソウルに来た際に訪日し、銀座、浅草、鎌倉、横浜を訪れた。

『素敵な仕事』(一九八八年)。これは一九八八年度のサンデー・エクスプレス年間最優秀作品賞を受賞し、同年度のブッカー賞の最終候補作品にもなった。また、一九八九年、著者自らの脚色によって四回連続のテレビドラマとしてBBCから放送され、同年、最優秀テレビドラマに与えられるロイヤル・テレビジョン協会賞を受賞し、ロッジ自身、一九九〇年にモンテ・カルロで催された「国際テレビジョン・フェスティヴァル」でシルヴァー・ニンフ賞という脚本賞を受賞した。

ロッジはこの小説でキャンパス・ノヴェルをひと捻りし、大学と鋳物会社という、まったく異質の二つの世界を舞台に、ユニークな、キャンパス・ノヴェルとインダストリアル・ノヴェルとを一つにした傑作をものしたのである。時は一九八六年、マーガレット・サッチャーがイギリスの首相として、なんとか国内産業に活を入れようとし、同時に、大学の予算をカットして大学を締めつけていた頃。

場所はイングランド中部の工業都市ラミッジ（バーミンガムがモデル）。主人公の一人、ヴィクター・ウィルコックスは四十六歳で三人の子持ち。高等技術専門学校を出、見習い工を振り出しに仕事一筋に生き、今では合同企業の子会社の取締役社長である。しかし会社の業績はぱっとせず、結婚生活も倦怠期に入っていて、子供たちも親の意のままにならない。政府は、優秀な学生をなんとか産業界に迎え入れようと、その年を産業振興年《インダストリー・イヤー》と名付け、大学側に協力を求める。それに応えてラミッジ大学は、教員が一定期間、週に一日、産業界の人間に付きっ切りになるという計画を立て、英文学臨時講師で美人の記号論的唯物論者のロビン・ペンローズを、ウィルコックスのもとに派遣する。最初、堅物で保守的で実利主義的なウィルコックスは左翼的フェミニストのロビンを毛嫌いするが、ロビンと一緒にフランクフルトに行った際、肉体関係を持ち、ウィルコックスは離婚を決意するほどにロビンにのぼせ上がってしまう。だが、ロビンにとっては、それはあくまで束の間の情事に過ぎなかった。ウィルコックスもやがて正気に戻る。ウィルコックスは会社が他社と合併することになり職を失うが、自分で小さな会社を設立する決心をする。ロビンは、オーストラリアの伯父から多額の遺産を思いがけなく相続し、ウィルコックスの会社に投資することにする。また、ロビンは自分の大学に来ないかというモリス・ザップの申し出を断り、正規の教員になる望みを捨てずに、イギリスにとどまることにする。万事めでたしのハッピーエンドである。ロッジの小説は、ほとんどがハッピーエンドを迎えるが、その点について、ロッジはこう述べている。「わたしはエンディングという問題に大きな関心を持っている。人は小説を悲劇に終わらせるには大変大きな道徳的権威を持っていなければならない。わたしは、小説を悲劇に終わらせる立場には、まだ立っていないと感じている。なぜならわたしは、究極的に、かなり楽天的だからだ」。アントニー・バージェスは『オブザーヴァー』紙上で、『素敵な仕事』を次のように評した。「本当にナイス・ワークである。とても素敵な仕事である。

あるいは、知性と情報に満ち溢れた、大いに人を考えさせ、楽しませる小説と言った方がよいかもしれない。……本書は、デイヴィッド・ロッジが、彼の世代の最良の小説家として、きわめて真剣に受け取られて然るべき権利を持っていることを立証している。そして、この小説を〝あまりにイギリス的〟と言う者がいれば、イギリスの作家はほかに何について書くべきなのかと言いたい。ディケンズも、あまりにイギリス的だったのだ」。また、丸谷才一氏は次のように述べている。「『素敵な仕事』は文学理論をめぐる知的諷刺から風俗批評を経て、ドタバタ喜劇まで書く。本当に素敵な仕事、見事な作品。その喜劇は優雅で程がよく、洗練されている」（『木星とシャーベット』）

『楽園ニュース』（一九九一年）。舞台は「地上の楽園《パラダイス》」ハワイである。主人公バーナード・ウォルシュは四十四歳のイギリス人で、かつてはカトリックの司祭だったが、来世の存在、ひいては神の存在が信じられなくなり、女性問題も絡んで還俗《げんぞく》し、今ではイングランドの工業都市の神学校で、しがない非常勤講師として神学一般を教え、学生寮でつましく暮らしている。そんなある日、ハワイに移住してウォルシュ父子《おやこ》とは何十年も音信不通だったバーナードの叔母、アーシュラから電話がかかってくる。一人暮らしの老女のアーシュラは末期癌で死にかけていて、死ぬ前にバーナードの男やもめの父に是非ひと目会いたいと言う。そこでバーナードは、渋る父を説得し、二人でハワイに旅立つが、その後の人生を変えてしまうほどの予想外のいくつかの出来事が二人を待ち受けている……。この小説のテーマは、死、信仰（あるいは信仰の喪失）、恋、和解であると言ってもよかろう。テーマの重さを考えれば、この小説は厳密にはコミック・ノヴェルと言えないかもしれないが、ロッジ独特のユーモア感覚と心優しき諷刺家の眼差しが随所に感じられる。ジョン・ベイリーも『ニューヨーク・レヴュー・オブ・ブックス』（一九九二年四月九日付）で、この小説は、人は互いに助け合わねばならないということを説いていながら、「そうした〝教訓〟から、蝶が蛹《さなぎ》から出るように高々と飛翔する」

と述べている。

『恋愛療法』（一九九五年）。主人公ロレンス・パスモアは、シトコム、すなわち連続ホーム・コメディーの台本作家として成功した五十八歳の男だ。いまや裕福で、地方都市に邸宅を構えるだけではなく、ロンドンにマンションも所有し、二人の子供は成人して親元を離れ、妻は大学講師という、はたから見れば羨ましいような境遇だが、年中鬱気味で、「ほとんどいつも不幸に感じる」という「中年の危機」に見舞われている。さまざまなセラピーを受けるが、はかばかしくなく、妻との仲もしっくりしない。そんな時、ふとしたことからキルケゴールの著作を拾い読みし、キルケゴールがレギーネという婚約者につれない仕打ちをしたことを知る。パスモアは、自分も少年の頃、似たようなことを初恋の純真な少女、モーリーンにしたのを思い出し、モーリーンを捜し出し、その償いをしようと思い立つ。最愛の息子を喪った悲しみを癒そうと、サンティアゴ・デ・コンポステラまでの巡礼の旅に出たモーリーンのあとをパスモアが追う場面は感動的である。『恋愛療法』は、一九九六年度英連邦作家賞ユーラシア部門最優秀作品賞を受賞した。

『胸にこたえる真実』（一九九九年）。戯曲を中篇小説にしたこの作品は、かつては英国の文壇の希望の星だったが、今は田舎に隠棲し、アンソロジーを編む仕事しかしていない五十歳のエイドリアン・ラドローのところに、底意地の悪い新聞記者で、インタヴューの相手を痛烈に批判した人物評を書くので有名なファニー・タラントが、エイドリアンが筆を折った真相を知ろうとやってくる話である。彼女は、エイドリアンの旧友の人気脚本家を痛烈にくさした人物評を新聞に載せた女だ。そしてファニーは、エイドリアンが席を外したあいだに、妻から、エイドリアンは書評を気にするあまり小説が書けなくなったことを知る。ファニーはそれを記事にするが、その記事を載せた新聞が出た、ちょうどその日に、皇太子妃のダイアナが事故死したという衝撃的なニュースが流れ、誰にとっても、エイドリアンに関する悪意的な記事はまったく意味がなくなる。「死」という一大事の前では、人物評などというちまちましたことは問題ではなくなったのである。

『考える・・・』（二〇〇一年）。時は一九九七年、場所はイングランド南西部のグロスターシャーの田園地帯にある大学。ＢＢＣに勤めていた夫を亡くしたばかりで意気消沈し、経済的にもやや不如意であった作家ヘレン・リードは、一学期だけ、グロスター大学の大学院の英文科創作コースの代講になる。そして、同大の認知科学センターの教授で所長のラルフ・メッセンジャーと出会う。二人は、たちまち性的に惹かれ合う。メッセンジャーは今をときめくタレント教授で、ラジオ、テレビに頻繁に登場し、かつ女誑《たら》しだ。ヘレンとメッセンジャーは間もなく「恋」に落ち、しばらくは「甘い生活」に惑溺するが、やがて思いがけないことが起こり、二人の人生は大きく変わることになる……。

ニコラス・ロウは『ガーディアン』紙（二〇〇一年二月二十四日付）で、こう書いている。「『考える・・・』においてロッジは、一つには、人工知能と意識を探求している女誑しの学者に、絶対に人に明かせない自分の思考をテープに録音させるという設定を通して、倫理的・精神的問題を、科学と文学と恋と野心に微妙に混ぜ合わせている」。また、ロッジはこの作品でも、サミュエル・ベケット、ヘンリー・ジェイムズ、サルマン・ラシュディ、ガートルード・スタイン、マーティン・エイミスなどの文体模写を試みている。

『作者を出せ！』（二〇〇四年）。ヘンリー・ジェイムズの臨終の場面から始まり死の場面で終わるこの作品は、「ほとんどすべての出来事は事実にもとづいている」とロッジは述べているが、単なる「伝記小説」でも「実録小説《ファクション》」でもなく、「語り」の視点に工夫を凝らした独創的な、類を見ないものになっている。ヘンリー・ジェイムズの書簡集の編者フィリップ・ホーンは『デイリー・テレグラフ』紙上で、「『作者を出せ！』は、偉大な人間でもあった偉大な作家に対する愛情を、見事な形で哀切に表現したものである。また本書は、ジェイムズの例に倣った控え目な実験小説である。その実験は素晴らしい成功を収めている」と書いている。さらに、アニータ・ブルックナーは『スペクテイター』誌上で、『作者を出せ!』を次のように絶讃している。「これは、読む者の心を捉えて離さぬ作品で、小説として、継ぎ目のない、有機的なものになっている。一人の作家が一人の登場人物——ヘンリー・ジェイムズ——に、これほど充分に尽くした例はない」。また、この作品ではイギリスの後期ヴィクトリア朝の演劇界が鮮やかに活写されていて、当時の興行主、座主、役者、観客の生態が手に取るようにわかる。

『ベイツ教授の受難』(二〇〇八年)。原題は death sentence (死刑宣告) をもじった *Deaf Sentence* で、「失聴宣告」の意である。主人公のデズモンド・ベイツ教授は六十代半ばで、イングランド北部の大学の言語学教授だったが、定年の数年前に引退した。難聴が悪化し、学生の言うことが聞き取りにくくなったためと、学部が再編成され、言語学科が英文科に吸収されたためである。引退した当初は自由の身を楽しんでいたが、難聴のせいで、映画鑑賞、観劇、社交生活もあまり楽しめない。逆に妻は、新しく出来たショッピング・モールにインテリアの店を開いて成功し、意気軒昂としている。そんなある日、デズモンドの前に、デズモンドが以前勤めていた大学の大学院の博士コースにいて、「遺書の文体分析」という薄気味悪いテーマの論文を書こうとしているアメリカ人の蠱惑《こわく》的な二十七歳の女子学生が現われる。その時点から、デズモンドの単調だが平穏な生活は、すっかり乱されてしまう……。ロッジ得意のキャンパス・ノヴェルである。

小説家シルヴィア・ブラウンリッグは『ベイツ教授の受難』の書評(『シカゴ・トリビューン』、二〇〇八年九月二十一日付)で、こう書いている。「ロッジは『ベイツ教授の受難』の全篇を通し、デズモンドの生き生きとしてコミカルな場面を、彼が人間の死ぬべき運命についてじっくりと考えることによってもたらされる、しんみりとした気分と重ね合わせる。しかし、そのことがこの小説を重苦しいもの、生真面目なものにしているかというと、そんなことはない。ロッジは常に、博識と哲学的関心を、見せかけの軽さで装うことができる。……デズモンドなら言うかもしれないように、人生の中に難聴があり、難聴の中に人生があるのだ。この感動的で人間的な小説は、その二つの出会いを充分に探究している」。なお、妻に先立たれ、高齢になっても老人ホームに入るのを拒み、ロンドンの小さな家で一人暮らしを続けたデズモンドの父は、ロッジの父がモデルである。

『絶倫の人　小説H・G・ウェルズ』（二〇一一年）。ロッジは二〇一一年三月、『絶倫の人』を書いた経緯を説明した一文を『ガーディアン』紙に寄稿した。ロッジは、二〇〇五年にペンギン・クラシックス版のウェルズの『キップス』（『ポリー氏の人生』、『恋とルイシャム氏』同様、平凡な社会的弱者がなんとか自分らしく生きようと苦闘する様を描いた傑作である）の序文を書くために彼の『自伝の試み』を読んだが、その際、矛盾の塊とも言うべき人間ウェルズに強く惹かれた。ウェルズは貧しい家に生まれ、少年時代に服地店の徒弟に出されたが、刻苦勉励して世界的大作家になり、百冊以上の本を書いた。そして、セックスの快楽を貪婪《どんらん》に追い求め、生涯に少なくとも百人以上の女と性的関係を持つという華麗な女性遍歴の一方で、フェビアン協会の微温的社会主義を改革しようとし、戦争を根絶するため世界政府を樹立しようという夢のような理想に燃えていた（晩年はペシミストに変わったが）。ブレイク・モリソンは二〇一一年四月九日付の『ガーディアン』紙で、『絶倫の人』を次のように評している。「HG［ウェルズ］が疲れを知らぬげに女遊びをしたように、ロッジも疲れを知らぬげに調査し、本書の何物も、でまかせに挿入されてはいない。〝謝辞〟は数頁に及んでいるが、彼は参照した数多くの伝記を列記しているだけではなく、この小説のどの手紙が自分の創作かも明かしている。さほど老練な小説家でなかったなら、想像力を制御することはできなかったろうが、ロッジは終始周到で、学究的である。別の主人公であったなら、それは欠点になったかもしれないが、ウェルズの人生は途方もなく並外れたものなので、余計な粉飾を施す必要はない。……この小説は素晴らしい勢いで弾むように進んで行き、決してだれることはない」。鹿島茂氏は、『絶倫の人』は「イギリスが得意とする伝記文学の白眉」だと評している。

本書の訳出に当たり、数多くの質問に答えて下さった作者と、本書の出版に尽力して下さった白水社編集部長藤波健氏に心から御礼申し上げる。

二〇一七年五月

高儀進

装丁　奥定泰之
カバー装画　杉田比呂美

訳者略歴
高儀進（たかぎ・すすむ）
一九三五年生まれ。早稲田大学大学院修士課程修了。翻訳家。日本文藝家協会会員。
訳書に、ロッジ『大英博物館が倒れる』『どこまで行けるか』『小さな世界』『楽園ニュース』『恋愛療法』『胸にこたえる真実』『考える…』『作者を出せ！』『ベイツ教授の受難』『改訳 交換教授』『絶倫の人 小説H・G・ウェルズ』、トマリン『チャールズ・ディケンズ伝』、ウォー『スクープ』『イーヴリン・ウォー傑作短篇集』（以上、白水社）ほか多数ある。

起きようとしない男
その他の短篇

二〇一七年 八 月二〇日 印刷
二〇一七年 九 月一〇日 発行

著　者　デイヴィッド・ロッジ
訳　者 © 高　儀　　進
発行者　及　川　直　志
印刷所　株式会社三陽社
発行所　株式会社白水社
東京都千代田区神田小川町三の二四
電話　営業部〇三（三二九一）七八一一
　　　編集部〇三（三二九一）七八二一
振替　〇〇一九〇-五-三三二二八
郵便番号　一〇一-〇〇五二
http://www.hakusuisha.co.jp
乱丁・落丁本は、送料小社負担にてお取り替えいたします。

誠製本株式会社

ISBN978-4-560-09568-3

Printed in Japan